布艺样的家

25款布艺礼品轻松做

25款别具一格、令人惊艳的布艺作品

（英）海伦·菲利普斯 著

贺爱平 李 静 译

河南科学技术出版社
·郑州·

A David & charles Book

Copyright@ David & charles Limited 2010

版权所有，翻印必究

著作权合同登记号：图字16—2010—146

图书在版编目(CIP)数据

布艺样的家·25款布艺礼品轻松做／（英）菲利普斯著；贺爱平，李静译.
郑州：河南科学技术出版社，2012.1
ISBN 978-7-5349-5261-6

Ⅰ.①布…　Ⅱ.①菲…　②贺…　③李…　Ⅲ.①布料-手工艺品-制作
Ⅳ.①TS973.5

中国版本图书馆CIP数据核字（2011）第159851号

出版发行：河南科学技术出版社
　　　　　地址：郑州市经五路66号　　邮编：450002
　　　　　电话：（0371）65737028　　65788613
　　　　　网址：www.hnstp.cn
策划编辑：刘　欣
责任编辑：刘　欣
责任校对：张小玲
封面设计：张　伟
责任印制：张艳芳
印　　刷：北京盛通印刷股份有限公司
经　　销：全国新华书店
幅面尺寸：210 mm×275 mm　　印张：8　　字数：150千字
版　　次：2012年1月第1版　　2012年1月第1次印刷
定　　价：36.00元

如发现印、装质量问题，影响阅读，请与出版社联系。

目 录
Contents

前言 ⋯⋯⋯⋯⋯⋯⋯⋯⋯4

家居篇 ⋯⋯⋯⋯⋯⋯⋯7
早餐系列 ⋯⋯⋯⋯⋯⋯8
咖啡壶罩 ⋯⋯⋯⋯⋯⋯10
亚麻餐巾 ⋯⋯⋯⋯⋯⋯13
鸡蛋保温罩 ⋯⋯⋯⋯⋯14
干洗袋 ⋯⋯⋯⋯⋯⋯⋯16
装饰帘 ⋯⋯⋯⋯⋯⋯⋯22
壁挂式收纳袋 ⋯⋯⋯⋯28
复古围裙 ⋯⋯⋯⋯⋯⋯34
食谱书 ⋯⋯⋯⋯⋯⋯⋯40

亲友篇 ⋯⋯⋯⋯⋯⋯⋯45
托特包 ⋯⋯⋯⋯⋯⋯⋯46
女红收纳系列 ⋯⋯⋯⋯52
针插垫 ⋯⋯⋯⋯⋯⋯⋯54
剪刀挂 ⋯⋯⋯⋯⋯⋯⋯56
书形针插 ⋯⋯⋯⋯⋯⋯58
宠物系列 ⋯⋯⋯⋯⋯⋯60
玩具袋 ⋯⋯⋯⋯⋯⋯⋯62
玩具骨头 ⋯⋯⋯⋯⋯⋯64

玩具小鱼 ⋯⋯⋯⋯⋯⋯65
邦尼兔 ⋯⋯⋯⋯⋯⋯⋯66
玩偶盖被 ⋯⋯⋯⋯⋯⋯72

节日篇 ⋯⋯⋯⋯⋯⋯⋯79
心形饰 ⋯⋯⋯⋯⋯⋯⋯80
圣诞长筒袜 ⋯⋯⋯⋯⋯86
礼物袋系列 ⋯⋯⋯⋯⋯94
星星礼物袋 ⋯⋯⋯⋯⋯96
圣诞树礼物袋 ⋯⋯⋯⋯98
驯鹿礼物袋 ⋯⋯⋯⋯⋯99
节日蛋糕饰带 ⋯⋯⋯⋯102
姜饼人夫妇 ⋯⋯⋯⋯⋯104

材料和技法 ⋯⋯⋯⋯⋯110
材料 ⋯⋯⋯⋯⋯⋯⋯⋯110
技法 ⋯⋯⋯⋯⋯⋯⋯⋯111
十字绣针法 ⋯⋯⋯⋯⋯113
绣图 ⋯⋯⋯⋯⋯⋯⋯⋯115
作品图样 ⋯⋯⋯⋯⋯⋯122
作者简介 ⋯⋯⋯⋯⋯⋯127

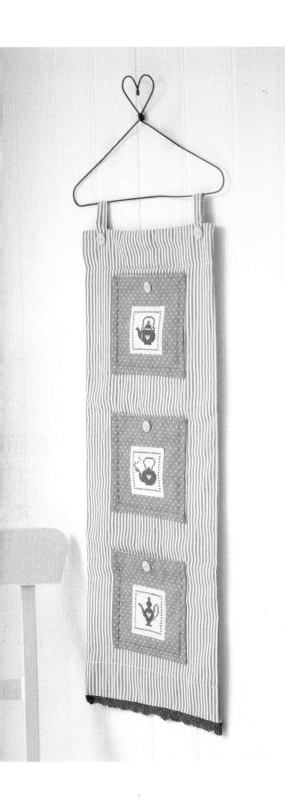

前言
Introduction

　　近年来，手工艺、布艺、家居装饰的风潮再度兴起，现代人忙中偷闲，开始自己动手装扮家居，营造温馨恬淡的家居氛围。组合手边的零碎材料，融入自己的串串创意，就可制作出有别于店铺产品的个性作品，不管是用碎布为布娃娃缝出彩色的拼布盖被，还是为厨房设计实用的壁挂式收纳袋，看到布料在自己手中顷刻间华丽转身，其中的欣喜和满足感自是难以言表。将这些手作品装饰在家中，或是送给至亲好友，都能体现出我们发自内心的那份真情。

　　当今社会，人们每日行色匆匆，面临工作、生活、家庭等无尽压力，为家中装饰上这些布艺作品后，则能为全家带来一份难得的舒适和静谧，将爱家打造成一个自在休憩的港湾。手工创作过程中，我们不由得静下心来，细细品味DIY的成就感：餐桌上的布艺饰品令我们胃口大增，壁挂、收纳袋等实用性饰品帮我们摆脱家居整理的种种烦恼，而节日饰品的点缀更让人沉浸在喜庆和狂欢之中。对于孩子们而言，看到大人们的手工创作，自然也是跃跃欲试，乐于参与，不仅能学会缝制一些简单的布艺作品，还能激发小脑瓜中的创意火花，为自己的小房间进行个性化的装饰。手作生活原来老少皆宜，如此神奇！

　　家居篇中展示的作品赏心悦目，既能和现代家居风格相匹配，还能营造一份回归自然的复古情调。这里，家中的每个房间都有一款既个性又贴心的布艺饰品，例如，早上醒来，走到餐桌边，映入眼帘的就是色彩斑斓的咖啡壶罩、鸡蛋保温罩和亚麻餐巾，相信每天的早餐都是一种味觉和视觉的享受。对于卫浴间，我们设计了海滩主题的装饰帘，还有呈现海滩小屋图案的条纹干洗袋，沐浴时，大海的气息仿佛扑面而来。甜美浪漫的小碎花围裙，再加上披有花样布衣的食谱书，为厨房打造出一份清新和雅致，送给好友的话，也是招人喜欢的礼品呢！

　　亲友篇中涵盖了多款设计贴心、适合馈赠的布艺作品。手提包造型典雅，时尚大方，妈妈们会特别喜欢；而针插垫、书形针插和剪刀挂小巧玲珑，送给爱好手作的朋友最为合适了！邦妮兔、玩偶盖被等可爱迷人的礼品，制作虽简便，送给小孩子们，也是莫大的惊喜呢！对了，家中的宠物也记在我们心中，玩具袋可以收纳宠物的各种零碎玩具，玩具小鱼和骨头足能以假乱真，成为宠物猫狗的最爱。

　　节日篇中的作品色彩缤纷，主题鲜明，不管是送给家人的手缝礼品，还是美化家居、渲染气氛的各种摆设和挂饰，均能营造出浓浓的欢庆气氛。这里有姜饼人夫妇，融合刺绣、拼布和贴布技艺的圣诞长袜，礼物袋和心形圣诞树挂饰，件件做工考究，造型精美，令传统布艺散发出浓浓的现代风情。

　　不管是为哪位亲友设计礼物，都能在本书中找到相应的作品和创意。那就静下心来，备齐材料，发挥创意，飞针舞线，随着作品逐渐成形和完善，你会感受到手作的惬意和闲适，生活宛如五彩斑斓的布艺作品般精彩。

At Home

家居篇

早餐系列

Wake-Up Breakfast Set

色彩缤纷的布艺饰品走上了家中的餐桌，这里有鲜花，有美味，更有女主人的贴心，早餐时也能享受精致生活。咖啡壶罩制作简便，印有温馨的小碎花图案，饰以浪漫的yo-yo花朵，还有明快的花朵绣图，为咖啡注入惬意生活的浓香。鸡蛋保温罩采用不织布制作，小圆点图案的里布向外翻折，打造出漂亮雅致的饰边，可以依据家中各个成员的喜好，选取相应颜色的印花布，为每人设计一款。浅粉色的亚麻餐巾色调清新，角落饰以花朵，简约中盛放着热情，静静迎接新一天的繁忙生活。

适合——

· 扮靓餐桌，诱发食欲，营造温馨的家居情调。

· 让早餐时爱喝热咖啡的你不再担心喝到冷饮。

· 送给乔迁新居的亲友，打造一份馈赠的惊喜。

所需材料

- 白色14支阿依达十字绣布块

- DMC棉线（颜色参看绣图）

- 十字绣针，24～26号

- 小块的绿色不织布（4片叶子）

- 双胶衬

- 裁剪绣布边用的锯齿剪

- 2块34cm×17.8cm的印花布，外加缝份

- 33cm×16cm的铺棉

- 2粒纽扣

- 配色线

- 从各色棉布边上裁剪的布带（6条系带）

- 与彩色系带颜色相配的棉线

成品尺寸：34cm×17.8cm

咖啡壶罩

　　这款咖啡壶罩非常实用，不仅能延长咖啡的保温时间，绚丽的外观还能为餐桌增色添彩。制作时，先测量咖啡壶的高度和圆周，再裁剪布料，添加一些装饰元素，整体制作十分简便。

早餐系列

绣出十字绣图案

参看115页的绣图，绣花线选用双股的DMC棉线，绣布用阿依达布，斜跨每个方格绣一针，在布中心绣出花朵图案。花心点缀纽扣的话，可在绣布背面附上双胶衬，取与纽扣颜色一致的缝线，在花心缝上纽扣。绣图的四周向外数5个方格，用锯齿剪为绣布剪出波浪饰边。

缝制咖啡壶罩

1 制作系带时，取一条相应长度的布带，沿着裁边向内折，对侧边也内折，略微压住毛糙的裁边，取配色的棉线，平针缝法缝合内折的布边，形成一条系带，取熨斗整烫。制作5条同色或颜色各异的系带。

2 裁剪咖啡壶罩时，先测量家中咖啡壶的高度和圆周，壶体的尺寸外加2cm的缝份。印花布平铺在台面上，在布上画出相应的轮廓线，布顶边的中心标记出一个内凹的圆弧，即为壶嘴的位置，见图 a。

3 依照此尺寸，裁剪两片等大的印花布，分别作为壶罩的表布和里布，再裁剪一片尺寸略小的铺棉。表布和里布正面相对叠齐，两侧的布边上用珠针分别固定3条系带。

4 缝纫机缝合两层布的各边，并在底边上留一返口，缝合侧边时，系带恰好可以固定在布边内。将布料翻到正面，用熨斗整烫。

5 由返口塞入铺棉，用珠针固定布边，藏针缝法缝合返口。选用和印花布颜色一致的机缝线，车缝固定4条布边，并在中心车缝几条竖线，以防内层的铺棉走位变形，见图 b。

a

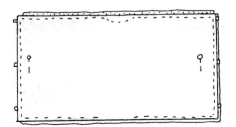

b

装饰咖啡茶壶

1 在咖啡壶罩上选定位置，将绣有花朵的绣布熨烫到位。双胶衬的使用说明可参看111页。从绿色不织布上裁剪两片花叶，用胶水粘到绣布上的花朵旁，也可手工缝固定。

2 参看112页的制作说明，取一块印花碎布，制作成yo-yo花朵。在花心放上一粒纽扣，缝到壶罩的相应位置上。从不织布上裁剪两片花叶，压到yo-yo花朵的边缘下，取针线缝合到位。

原本朴素平淡的家常用品，装扮上了可爱俏丽的花样布衣，宛如破茧成蝶，为生活弹出美的音符。

所需材料

- 边长35.5cm浅粉色的28支平纹织物（亚麻布）

- DMC棉线（颜色参看绣图）

- 十字绣针，24～26号

- 配色线

- 2粒彩色纽扣

成品尺寸：33cm×33cm

亚麻餐巾

这款亚麻布餐巾的手作时间几乎可以忽略不计，外观素雅，风格简约，能为餐桌营造一种静谧优雅的格调。既然制作简便，效果不俗，何不为家中成员人人打造一款呢？

绣出十字绣图案

1 取正方形的亚麻布，四周布边折少许，用与布料颜色一致的缝线，手工缝合折边，车缝也可，见图 。

2 参看115页的绣图，绣花线选用双股的DMC棉线，靠近亚麻布的一个角落绣出花朵图案，注意每隔两条亚麻纤维绣一针，绣图距离布边约为7.5cm。

a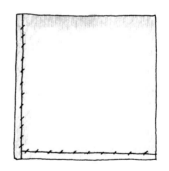

装饰餐巾

1 用与纽扣颜色相配的双股绣花线，在十字绣花朵的花心缝上一粒纽扣。

2 参看112页的制作说明，用印花布制作一个yo-yo花朵，花心放上一粒纽扣，缝到餐巾的相应位置。用双股绿色绣花线，平针缝法在yo-yo花朵旁绣出两条相垂直的装饰线，两线的相交点应位于花心。

所需材料

(一件作品)

- 白色14支阿依达十字绣布块

- DMC棉线（颜色参看绣图）

- 十字绣针，24~26号

- 2块12cm×10.8cm的彩色不织布

- 2块15cm×15cm的印花布（里布）

- 色调淡雅的纽扣，1粒小号，2粒中号

- 双胶衬

- 裁剪绣布边用的锯齿剪

成品尺寸：12cm×10.8cm

适合——

- 为早餐带来一份与众不同，打造一份视觉享受。

- 作为生日礼物，送给爱美、喜欢攀比的孩子们。

- 践行环保生活理念，让碎布料变废为宝。

鸡蛋保温罩

　　下方展示了3件设计风格相仿的鸡蛋保温罩，个个色彩缤纷，可爱至极，惹得家里人人眼红，那就为每人制作一款，打造贵宾级礼遇！罩体选用的是素色的不织布，突出了争相斗艳的yo-yo花朵和十字绣花朵，印花图案的里布在底边向外翻折，勾勒出可爱的饰边，如此浪漫的"蛋屋"究竟会花落谁家？

绣出十字绣图案

参看115页的绣图，绣花线选用双股的DMC棉线，绣布用阿侬达布，斜跨每个方格绣一针，在布中心绣出花朵图案。在绣布背面熨烫上双胶衬。绣图的四周向外数3个方格，用锯齿剪为绣布剪出波浪饰边。

缝制鸡蛋保温罩

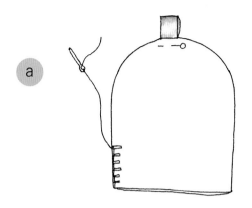

1 参看122页的图样，在不织布上描出保温罩的轮廓线，裁下。取彩色的绣花线，毯边锁缝针法（针法介绍见113页）沿着布边缝合罩体，见图 a 。

2 保温罩的图样外留出6mm的缝份，从印花布上裁下罩体的前、后片里布。两片里布正面相对叠齐，车缝固定布边，修剪缝份，见图 b 。

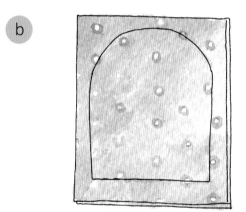

3 将里布罩体放入不织布罩体内，整平内层的里布，使两层布的顶部紧贴在一起，将底边长出来的里布向外折，形成印花装饰边，藏针法缝合折出来的布边。

装饰鸡蛋保温罩

1 绣有花朵的绣布正面向上平放在保温罩上，熨斗用中温将绣布熨烫平整。

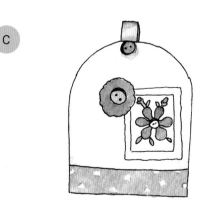

2 参看112页的制作说明，用印花布制作一个yo-yo花朵，缝到保温罩上绣布的左上角。最后，取与各粒纽扣颜色相配的绣花线，在每个保温罩的顶部缝上一粒纽扣，见图 c 。

干洗袋
Laundry Bag

条纹图案的干洗袋色调清新，米色背景上绣出的海滩小屋小巧俏丽，简约中透着活力，放置在卫浴间内，营造出一份凉爽清新的海滩风情。袋子尺寸较大，顶部穿入拉绳封合袋口，装饰简单，手作省工，实用性强，可收纳一家人的换洗衣物。注意到绣布边的不规则手缝线了吗？针脚自然随意，有点歪歪扭扭，令干洗袋弥漫出纯朴自然的乡村韵味。喜欢的话，可以在绣布上装饰一两粒素雅大方的纽扣——那就翻出家中的纽扣盒仔细挑选吧，也可到附近的古董市场试试运气。

适合——

· 分类存放家中零零碎碎的儿童玩具。

· 海滩度假或外出郊游时，收纳各种用品。

· 将海滩小屋图案绣到T恤衫或太阳帽上，赚足回头率。

所需材料

- 米色的28支亚麻布

  12cm × 9cm

- DMC棉线（颜色参看绣图）

- 十字绣针，24～26号

- 2块米色背景的浅红色条纹布：

  66cm × 40cm，外加缝份

- 做衬布的白色棉布：

  12cm × 9cm

- 配色线

- 米色绳带，170cm

- 双胶衬

成品尺寸：66cm × 40cm

绣出十字绣图案

  参看116页的绣图，在亚麻布的中心绣出小屋图案。行针时，每隔两条亚麻纤维绣一针，绣十字针时选用双股DMC棉线，回针绣线条时采用单股线。并用熨斗在绣布背面烫上双胶衬。

缝制干洗袋

1 裁下两块68.5cm×42cm（已包含1.3cm的缝份）的条纹布，作为袋子的前片和后片，见图 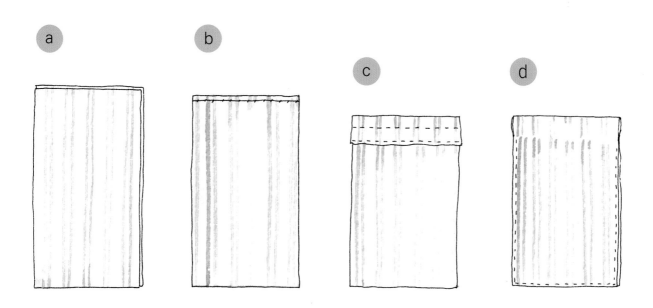a。两块布料翻到背面，顶边均向布的正面回折，形成9.5cm高的折边，见图 b。

2 使用缝纫机，在折边上车两条平行的缝线，缝线间的中空可以穿入绳带，作为拉绳通道，见图 c。两块布料正面相对叠齐，缝合底边和左、右侧边，见图 d。将袋子翻到正面，取熨斗整烫缝边。

3 绳带居中裁开，形成两段等长的绳带。每根绳带穿入前、后片的拉绳通道内，绳带末端分别从袋子的左、右侧穿出，拉紧绳带，封合袋口，两条绳带系出漂亮的蝴蝶结。

a

b

c

d

装饰干洗袋

1 白色棉布摆放到亚麻绣布的背面，用熨斗熨烫黏合到一起。棉布背面热烫上双胶衬，裁剪棉布，与顶层的绣布边对齐，熨烫到干洗袋的相应位置，见图 **e**。

2 用双股红色DMC棉线，沿着绣布的各边缝出自然随意的装饰线迹。

e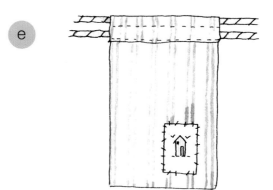

好礼速成

• 采用同样手法和装饰风格，制作一款深色的条纹干洗袋，不用添加标签，就可知道家中的深、浅色衣物藏身何处。

• 绣出海滩小屋图案，锯齿剪为绣布剪出装饰花边，镶贴到贺卡上，送给好友，祝她节日快乐，或旅行时一路好心情！

活泼的单色条纹，幽静的海滩小屋，邂逅在这款简朴大方的干洗袋上，置身于卫浴间仿佛也能感受到清新的海滩气息。

装饰帘
Decorative Bunting

浅色的亚麻布在锯齿剪下呈现出灵动的三角形，海鸟、帆船、度假屋等十字绣图案点缀其上，顶部用蓝色的饰带连接在一起，交接处还各自点缀了一粒小纽扣，打造出一款海滩风情的装饰帘，扮靓家中的卫浴间！喜欢的话，可在三角帘顶点处点缀一粒珠母贝扣子，若能找到一些海滩主题的纽扣来装饰，那就更好不过了！

适合——

· 作为儿童房的趣味装饰。

· 夏日烧烤时，作为装饰餐巾，刺激大家食欲。

· 垂吊在乡间、海边的度假小屋内。

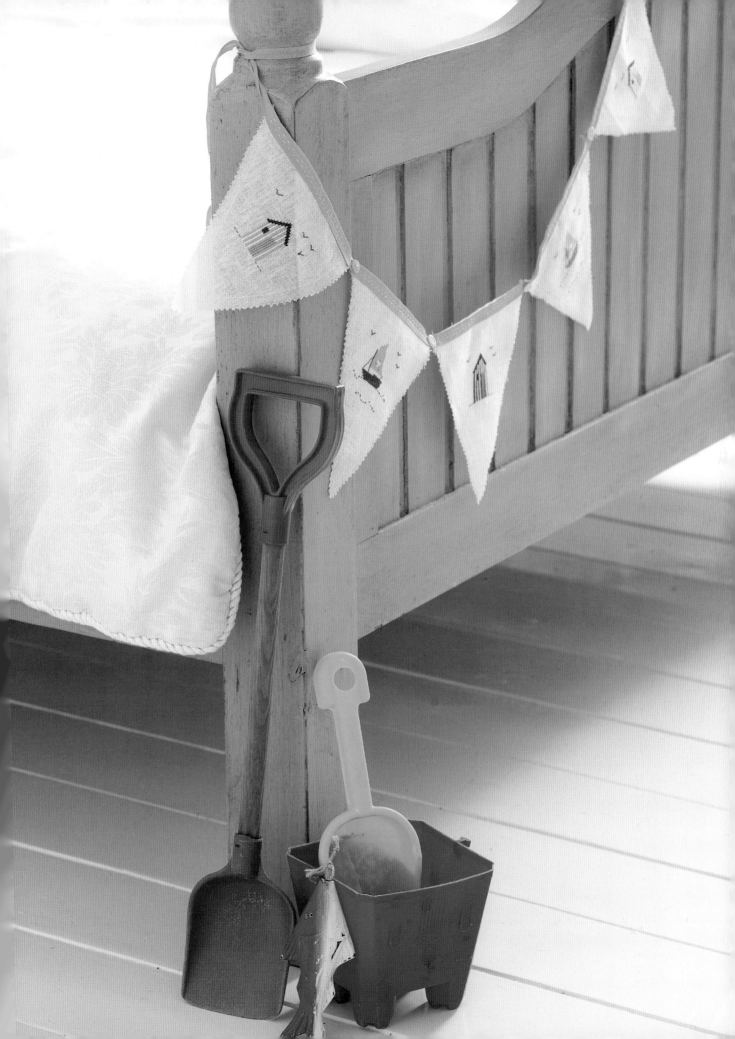

所需材料（6片三角帘）

- 19cm×19cm的28支亚麻布：浅蓝色、浅粉色和白色（或米色）各2片

- DMC棉线（颜色参看绣图）

- 十字绣针，24～26号

- 气消笔或水消笔

- 窄幅的双胶衬

- 蓝绿色的滚边条：1.3cm×2.75cm

- 锯齿剪

- 防毛边喷剂

- 5粒小号的浅色纽扣

成品尺寸：18cm×104cm（含6片三角帘，不含系带）

剪裁三角帘

1 参看125页的图样，用水消笔在各色亚麻布上描出三角形。可依据家中空间大小和自己喜好，多裁剪几片三角帘，制作出合适长度的装饰帘。

2 沿着图示的虚线（见图 **a**）车出轮廓线，在车缝线的外侧2cm处，用锯齿剪细心剪出各片三角帘。毛边上喷一些防毛边喷剂，防止三角帘毛边散线。三角帘的顶边（最长边）下折少许，用双胶衬粘贴折边。

a

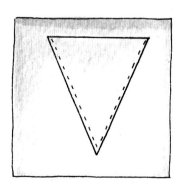

绣出十字绣图案

参看116页的绣图，在各片亚麻布帘的中心分别绣出海滩小屋和小船等绣图。行针时，每隔两条亚麻纤维绣一针，绣十字针时选用双股DMC棉线，回针绣线条时采用单股线（见图 b）。

美化装饰帘

1 三角帘上的绣图完工后，用珠针将滚边条固定在帘子的顶边上，滚边条和帘子的顶边对齐，且比帘子的两侧长出一段，用作悬挂装饰帘的系带。疏缝固定滚边条，采用白色的双股DMC棉线，平针缝法在滚边条上缝出两条装饰线（见图 **c** ）。

2 最后，取一些彩色的小纽扣和相应颜色的缝线，在滚边条上每两片三角帘的交接处缝上一粒装饰用的扣子。

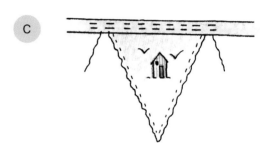

好礼速成

· 在亚麻布上绣出这些图案，装裱在相框内，作为家居装饰的十字绣图。

· 在孩子们的T恤衫、短裤上绣出小船图案，将夏日的清凉穿在小家伙身

这款装饰帘设计巧妙，易做省时，不管置身家中何处，都能带来一丝轻盈动感和惬意自在。

壁挂式收纳袋
Bistro Wall Hanging

这款收纳袋色彩亮丽，外观喜人，经典的壁挂式设计，大大节约家居空间，三个口袋为"多级空间"设计，菜谱、便条、标记笔、毛线等零碎物品可以分格放置，各安其位，实用性非常出色，是居家收纳、馈赠亲朋的理想物品。此外，细节处的设计更是别具匠心，温馨的圆点图案的口袋上饰以白色的绣布，咖啡壶、茶壶、水壶等栩栩如生的十字绣图，赋予厨房更灵动、温暖的感觉。手作完工后，那就煮上一壶浓浓的咖啡，犒劳一下自己吧！

适合——

· 送给那些酷爱咖啡、浓茶的朋友。

· 喜欢装扮家居、醉心小资生活的女主人。

· 乔迁新居时，为爱家增添一份手作的个性。

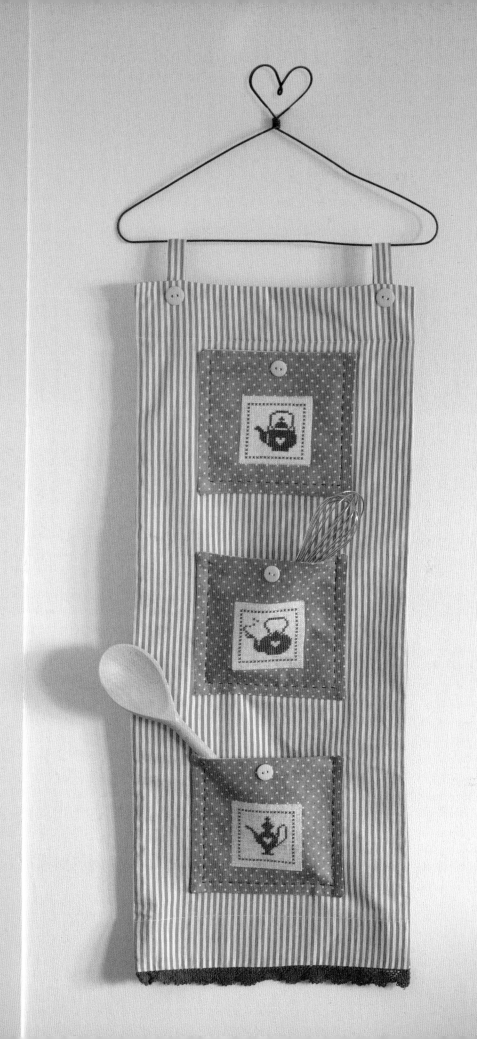

所需材料

- 3块白色的28支亚麻布：9cm×9cm

- 玫红色的DMC棉线（DMC 601）

- 十字绣针，24～26号

- 双胶衬

- 粉白色相间的条纹棉布：2块65cm×28cm（壁挂），
  2块15cm×1.3cm（吊带）

- 3块粉底白色圆点棉布（口袋）：16.5cm×15cm

- 3块粉白相间的格子棉布（口袋的里布）：
  16.5cm×15cm

- 铺棉：65cm×28cm

- 玫红色棉质花边：5cm×26.7cm

- 5粒装饰性的扣子：2粒大号，3粒小号

- 2粒按扣

- 心形金属衣架

成品尺寸： 63.5cm×26.7cm（不含吊带）

绣出十字绣图案

参看117页的绣图，在各块白色亚麻布的中心分别绣出水壶、茶壶和咖啡壶等绣图。行针时，每隔两条亚麻纤维绣一针，绣十字针时选用双股DMC棉线。绣图完工后，用熨斗将双胶衬烫到各块绣布的背面。裁剪绣布，使绣图的外围留出白色的装饰边。

制作壁挂

1 取2块65cm×28cm的条纹棉布,玫红色的花边缝到一块棉布的一侧短边上,该装饰花边即为壁挂表布的底边(见图 **a**)。

2 取2块15cm×1.3cm的条纹棉布,缝制成2条吊带。制作时,2块棉布居中对折(宽度减半),缝合一侧折边,翻到正面(见图 **b**)。熨平吊带的缝边,短边回折6mm,缝合到壁挂上时,即可隐藏住毛边。

3 壁挂表布和底布叠齐,吊带的一边夹到两层布的顶边内,吊带距壁挂的左、右侧边约3.8cm。缝合顶边和左、右侧边,先不缝合底边。从底边处将壁挂翻到正面,熨平各边。

4 依据壁挂的尺寸,裁剪相应大小的铺棉,注意铺棉不要超出壁挂的底边。藏针法缝合壁挂的底边。

5 制作3个口袋时,取16.5cm×15cm的小圆点棉布和格子棉布,分别作为口袋的表布和里布。每组表布和里布正面相对叠齐,缝合各边,在底边上留一返口(见图 **c**)。斜剪布角,将口袋翻到正面,押平各个边角。缝合返口,熨平布边(见图 **d**)。

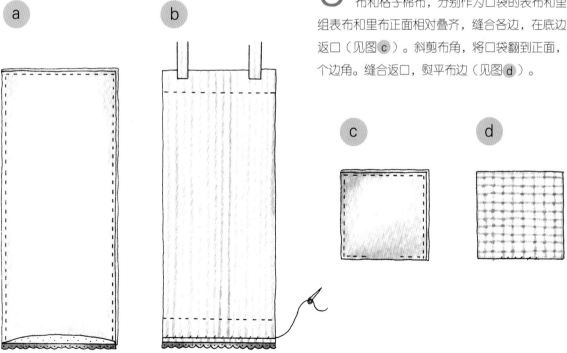

6 　3个口袋居中摆放到壁挂上，两两间距为5cm，
位置摆放满意后，用珠针固定。取红色的双股棉
线，缝合固定各个口袋（见图 ）。取熨斗，将各块绣
有图案的亚麻布烫到口袋上。

7 　每个口袋的顶边下缝上1粒小纽扣，壁挂顶边下
侧缝上2粒大纽扣。在壁挂背面的吊带末端各缝
上1粒按扣，便于轻松封合吊带。最后，打开按扣，吊
带穿进心形晾衣架上，封合按扣，壁挂式收纳袋制作完
毕。

e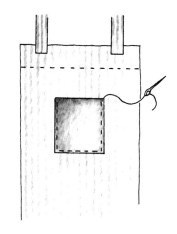

好礼速成

· 亚麻布上绣出咖啡壶图案，作为小口袋缝到新买的咖啡罩裙上——顷刻间
打造出时尚感十足的巴黎风情咖啡"煮妇"！

· 在亚麻布上绣出这些图案，装裱在相框内，作为家居装饰的十字绣图。

· 想要一款快捷、实用又实惠的收纳袋吗?不用一针一线在口袋上仔细绣图，
直接将碎布拼成五彩拼布，就可装扮出时尚俏丽的彩色口袋！

这里，粉白相间的条纹酷似令人垂涎欲滴的糖果，透出丝丝甜美和可爱；当然，也可以依据自己的喜好和家居风格，灵活变换壁挂色调和衣架造型，用灵感扮靓家居空间。

复古围裙
Retro Apron

这款蓝底碎花的围裙色调淡雅，设计巧妙，简单易做。喜欢的话，那就多做几款，从周一到周末每天一款，每天都是光彩照人、风情百变的美丽主妇。当然，送给好友闺密，也是非常给力的贴心礼物呢！注意到围裙上设计的十字绣图案口袋了吗?嫩绿的草丛，缤纷的花朵，围绕在小屋前后，引来两只小鸟盘旋栖息，喜欢的话，可以添加几粒纽扣装扮鸟屋。喜欢摆弄花草的话，可选用质地较厚的布料，绣出大尺寸的口袋，顷刻之间，一款实用又抢眼的园艺围裙即可出手。

适合——

• 喜欢美味，享受为家人烹调的美丽"煮妇"。

• 为工作、家务和孩子而整日忙碌的妈妈们。

• 稍作改动，绣出一款洋溢着春日生机的生日贺卡。

所需材料

- 2块米色的28支亚麻布：13.5cm × 12.5cm

- DMC棉线（颜色参看绣图）

- 十字绣针，24～26号

- 蓝色印花棉布（另加缝份）：66cm × 68cm
  （围裙）；11cm × 43cm（腰带）；2块为
  11cm × 102cm（系带）

- 蓝色荷叶边织带，长36cm

- 彩色的花朵造型纽扣

- 米色和蓝色的缝线

- 玫红色棉质花边：5cm × 26.7cm

成品尺寸：长66cm，腰带为43cm（不含系带）

绣出十字绣图案

　　参看117页的绣图，取一块米色的亚麻布，布上仔细绣出草丛、小屋和两只小鸟等图案。行针时，每隔两条亚麻纤维绣一针，绣十字针时选用双股DMC棉线，绣回针时用单股线（见图a）。参看本页的成品图片，缝上各粒纽扣，作为草丛中的花朵。不喜欢纽扣的话，可取各色绣线，直接绣出彩色的花朵。

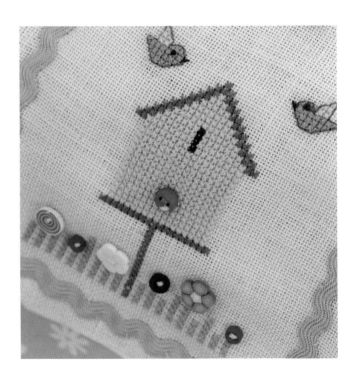

a

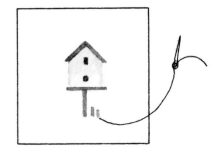

缝制围裙

1 取蓝色的围裙布，底边和左、右侧边做小折边，缝合折边。顶边下用平针法缝一条线，拉紧缝线，顶边形成缩缝褶皱（见图 b）。

2 取蓝色的腰带，纵向对折，宽度减半，并熨平折边（见图 c）。

3 取珠针，将腰带（正面向下）的折边固定到围裙的褶皱边上，缝合（见图 d）。腰带沿着折边下翻，两条长边重合，藏针法将其缝合到裙布上。

4 每条系带正面相对纵向叠齐（宽度减半），缝合长边。再翻到正面，熨平。两条系带分别插入腰带两端的中空内，缝合固定系带（见图 e）。

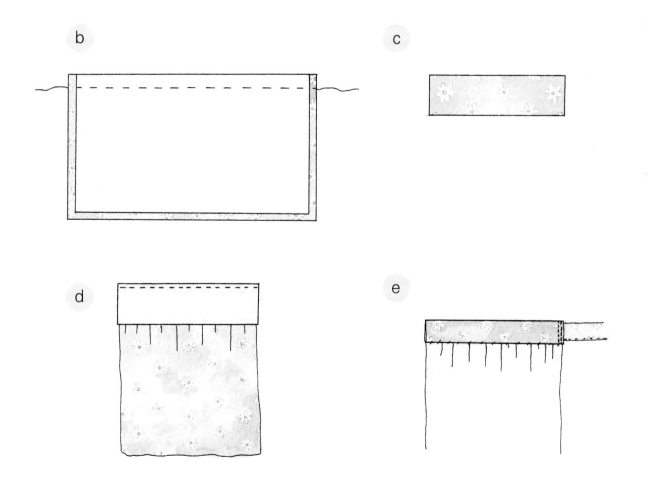

缝制口袋

1 取另一块米色的亚麻布，与绣好的亚麻布正面相对叠齐（见图 f）。缝合两层布的四边，作为口袋，并留一返口（见图 g）。修剪缝边，布角处剪牙口。从返口处翻到正面，熨平布面，注意，熨斗蒸汽避开纽扣。

2 取珠针，将口袋固定到围裙上的相应位置。取米色缝线，将口袋的底边和左、右侧边缝到围裙上。最后，将蓝色的荷叶边织带缝到口袋的各边内，装饰口袋。

f 　　g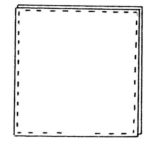

好礼速成

- 采用同一手法，设计两个实用的大口袋，制作一款园艺主题的围裙，送给热爱园艺的朋友。

- 在亚麻布上绣出这些图案，粘贴在卡片上，制作成一张情意浓浓的十字绣贺卡。

- 将这些可爱的图案绣到新买的手提包上，打造一款与众不同的时尚靓包。

这款围裙制作简便，素雅大方，却又超级实用，何
不为亲朋好友人人打造一款?

食谱书
Recipe Book

将最喜欢的食谱记录下来，填满一本密密麻麻的食谱书。封面特别设计了装饰带，既有工整俊秀的十字绣针法，又有立体纸艺的巧妙装扮，不管是内在还是外观，这本食谱书同样令人怦然心动。封面的装饰带可以自由拆卸。可用彩色纸板剪出多层花朵，装饰在十字绣图下；也可选用与围裙搭配和谐的纽扣装点封面。围裙和食谱书和谐搭配，相得益彰，作为双份礼物馈赠亲友。还可制作一款风格一致的十字绣礼物签，如此用心的礼物谁不喜欢呢？

适合——

- 喜欢烹调，酷爱收集、钻研各种食谱的美食达人。
- 惯于记录心情感悟、生活窍门、待办事项等的生活有心人。
- 酷爱养鸟，且喜欢在户外拍摄各种鸟类照片的爱鸟之人。

所需材料

- 米色的14支阿依达布十字绣布：10cm×10cm

- DMC棉线（颜色参看绣图）

- 十字绣针，24~26号

- A5大小的硬皮印花笔记本

- 印花纸

- 白色、红色的薄卡纸

- 3朵纸板花朵

- 双面胶

成品尺寸：21cm×15cm

绣出十字绣图案

参看117页的绣图，在十字绣布的中心细心绣出小号的鸟屋图案。行针时，布上斜跨一个方格绣一针，绣十字针时选用双股DMC棉线，绣回针时用单股线。图案绣制完工后，绣图的四周向外数两个方格裁剪绣布，使用双面胶，在绣布的背面粘上白色的卡片，沿布边裁剪卡片。

制作装饰带

1 裁剪红色的卡片，使其比绣布略大，用双面胶将该卡片粘贴到绣布的底层。

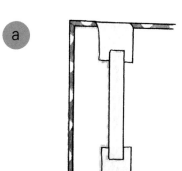

2 裁剪一条印花纸带，宽为7cm，长度应比笔记本的纵向高度多出10cm，便于两端折边。纸带竖放在笔记本封面上，上下两端下折，折边隐藏于封面下，再剪一段15cm×3.5cm的双面胶带，将封面内的纸带两端粘贴固定到一起（见图 a ）。这种粘贴方式便于日后自由拆卸装饰带。

3 使用双面胶，将底部镶贴有卡片的绣布粘贴到笔记本封面的纸带上（见图 b ）。最后，将纸板花固定到绣布下方，食谱书装饰完工。

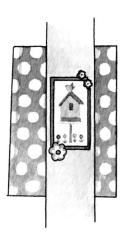

好礼速成

• 用碎布缝制一款布艺手机袋，装扮上这里的十字绣图，为手机打造一个温馨的布艺小家。

• 如果想要更耐用的封面，就动手做一款布封面，给书穿上布衣吧。

Loved Ones

亲友篇

托特包
Mix 'n' Match Tote

好友总是为了我们的事情忙前忙后，怎么表达我们的感谢呢？店铺购买的礼物不够贴心，那就自己动手，混搭各式印花布，拼拼缝缝，不用耗时很久，就可打造出这款漂亮独特的托特包，浓缩心中的万般谢意。托特包上繁花似锦：主布由印花布和小圆点布拼接而成，交接处点缀了两条贴布饰带，一条由温馨的印花布裁剪而成，另一条为绣有花朵的素色亚麻布，花色迷人，花香醉人，甚至提手下的装饰纽扣都穿上了花样布衣，愿这份友谊像花儿一样怒放。

适合——

· 酷爱各式时尚靓包的美眉们。

· 各个年龄段内无暇手工的美女。

· 痴心女红的布艺爱好者。

46

所需材料

· 蓝灰色的28支亚麻布：31.5cm×6cm；4片装饰纽扣的碎布

· 浅粉色的DMC棉线

· 十字绣针，24～26号

· 灰底粉色印花棉布：18cm×33cm（包体主布）

· 灰底白点布：一块为18cm×33cm（前片包体），另一块为40.5cm×33cm（后片包体）

· 3块粉底白点棉布（口袋）：16.5cm×15cm

· 2条灰底白点布（提手）：3.8cm×78cm

· 玫瑰图案的印花布带：5cm×33cm

· 2块灰白底灰点布（里布）：39.5cm× 32cm

· 少许填充棉

成品尺寸：38cm×30.5cm（不含提手）

绣出十字绣图案

取蓝灰色的28支亚麻布，纵横对折，找出绣布的中心点。参看118页的绣图，在亚麻布上细心绣出各个花朵图案。行针时，选用双股的DMC棉线，每隔两条亚麻纤维绣一针。

缝制手提包

1 缝制前片包体时，取灰色背景的粉色印花棉布，与18cm×33cm的白色小圆点布拼缝到一起，缝份为6mm，这块拼布即为前片包体（见图 a ）。

2 绣好花朵的亚麻布带各边做小折边，熨平折边，背面附上双胶衬，熨烫固定在前片包体上的接缝处。取玫瑰红色的缝线，在布带的顶边上缝上整齐的十字针，针距均为2cm。再取白色的缝线，平针缝法固定布带的底边（见图 b ）。

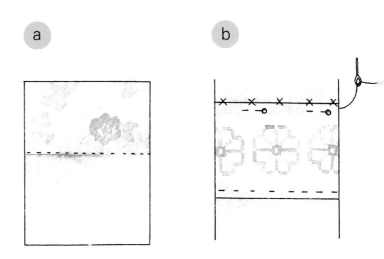

这款拼布手提包的设计体现了活泼随意的混搭风潮，你可以依据朋友的个人喜好，灵活组合各种花色、质地的布料，打造出一款令她爱不释手的时尚托特包！

3 玫瑰图案的印花布带背面附上双胶衬，放置到亚麻布带下方，熨烫固定后，取玫红色的缝线，在布带的顶边和底边上缝上整齐的十字针，针距均为2cm。用双胶衬固定贴布的具体方法可参看111页。

5 同样的方法，将39.5cm×32cm的白色小圆点布缝成提包，作为包体的里布。将里布放进包体内，里布的顶边外折，作为包口的饰边。缝合两层包体的包口和底边（见图 c ）。

4 取40.5cm×33cm的白色小圆点布，作为后片包体，裁剪成与前片包体等大的尺寸。两片包体布正面相对叠齐，缝份为6mm，缝合包体的底边和左右侧边。

6 取两条小圆点布带，制作成两条提手（见图 d ）：布带纵向对折，缝合侧边，翻到正面，熨平布带，使缝份线位于提手背面的中心线处。两条提手分别缝到前、后片包体的包口边上，提手距离侧边应为6cm（见图 e ）。

c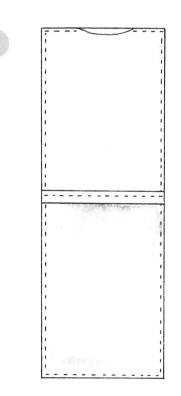

d

e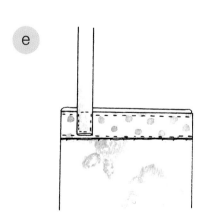

制作布艺纽扣

1 参看118页的十字绣图，在一块亚麻碎布上绣出花朵图案。另取一块等大的亚麻布，两布叠放，沿着花朵的外围缝合两布，并裁剪成两片圆形布（见图 f ）。

2 布的背面剪出一个小小的开口，翻到正面，熨平，里面塞入填充棉，缝合开口（见图 g ）。用剩下的两块碎布再制作一个布艺纽扣，将纽扣分别缝到前片包体的提手底部。

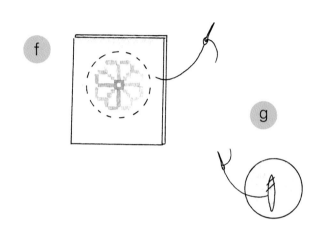

好礼速成

· 素色书签上绣出一排工整俏丽的彩色花朵，即为一款别致的布艺书签。

· 取一小块阿依达十字绣布，绣出一枝独秀的花朵，剪成圆形，卡在钥匙环内，让美丽相伴左右。

· 用灰底白点布制作一款小巧玲珑的拉绳袋，放进托特包内，收纳各种零碎物品。

· 布艺纽扣用珠针固定到卡片上，花朵四周点缀灰、白色相间的不织布花叶，打造一款花色灿烂的别样贺卡。

女红收纳系列

Vintage Sewing Set

这套女红收纳系列包含针插垫、剪刀挂和书形针插，漂亮雅致中透着几份古色古香，制作比较简单省时，对于布艺爱好者来说，既是实用的收纳用品，还是可人的家居摆设。制作时，可灵活搭配家中的各色亚麻碎布，也可留意市售的亚麻拼布组合包，这种现成的产品特别适合此类小件用品的手作。作品的细节设计也不能忽视，纽扣的选择尤其如此，可精心挑选一些复古风格的纽扣，或者到古董店、手工艺术用品店仔细筛选，力求达到最佳效果。

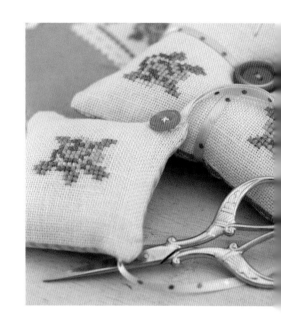

适合——

· 初次尝试布艺制作的小孩子。

· 充分利用家中的零碎布料。

· 送给喜欢布艺的亲友。

所需材料

- 浅粉色的28支亚麻布：10cm×10cm

- DMC棉线（颜色参看绣图）

- 十字绣针，24~26号

- 粉色印花棉布（底布）：10cm×10cm

- 黄色的小圆点窄丝带

- 填充棉

- 2粒粉色的纽扣

- 铺棉：65cm×28cm

成品尺寸：10cm×10cm

针插垫

这款针插垫的绣图为娇艳的玫瑰，俏丽的花朵永不凋谢，与任何布料都能和谐搭配。

绣出十字绣图案

纵横对折，确定亚麻布的中心，参看118页的绣图，从中心向外在亚麻布的四角分别绣出一朵玫瑰。行针时，每隔两条亚麻纤维绣一针，绣出工整的十字针，绣线采用双股的DMC棉线（见图 a）。

 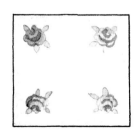

缝制针插垫

1 取绣有玫瑰图案的亚麻布，与粉色印花棉布正面相对叠齐（见图 **b**）。缝合两层布的各边，并留一返口（见图 **c**），作为针插垫。

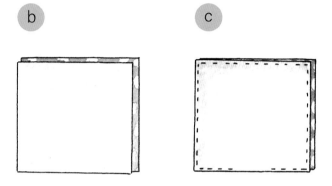

b

c

2 修剪缝边，布角处剪牙口，将针插垫翻到正面，熨平各边。垫内填入足量的填充棉，缝合返口。

3 取出小圆点丝带，穿入一根针眼较大的针内。针穿入针插垫的正中心，垫子的正面留出10cm长的丝带（见图 **d**）。丝带绕向针插垫的一侧，再从垫子背面的中心穿出，同理，在针插垫的其余三边上纵横缠绕，针插垫的两面均呈现十字形的丝带，宛如包裹一样。最后，在垫子背面的中心加缝几针，固定丝带的末端。

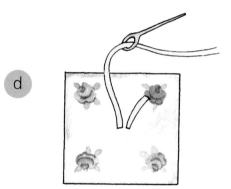

d

4 在针插垫正面的中心缝上一粒大纽扣（见图 **e**），并在背面的中心缝上一粒小纽扣。

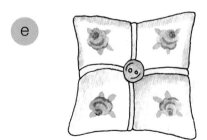

e

所需材料

- 浅蓝色的28支亚麻碎布
- 蓝色的印花碎布
- DMC棉线（颜色参看绣图）
- 十字绣针，24～26号
- 填充棉
- 黄色的小圆点窄丝带
- 小号的粉色纽扣

成品尺寸： 6.5cm × 6.5cm

剪刀挂

　　这款浅蓝色调的剪刀挂小巧玲珑，与剪刀如影随形，方便取用。小巧的身段，简约的设计，制作自然非常简易，不妨搜罗家中最喜欢的零碎花布，作为绣布背面的底布。工程虽小，却能将家中旧物变废为宝，的确是一种小资却不浪费的低碳生活呢！

绣出十字绣图案

　　参看118页的绣图，将玫瑰图案绣到浅蓝色的亚麻布上。行针时，每隔两条亚麻纤维绣一针，绣出工整的十字针，绣线采用双股的DMC棉线。

缝制剪刀挂

1 裁下一块与亚麻绣布等大的蓝色印花布，作为剪刀挂的底布。两布正面相对叠齐，缝合各边，并留一返口。修剪缝边，布角处剪牙口，将布料翻到正面，熨平各边。

2 两层布的返口内填入足量的填充棉，取浅蓝色的缝线，缝合返口，剪刀挂基本形成。

3 裁剪一段黄色的小圆点丝带，缝到剪刀挂正面的一角，丝带的末端加缝上一粒纽扣装饰。最后，丝带穿过剪刀的把手，系紧丝带。

这些作品小巧玲珑，制作简单，不妨开动大脑，自由添加上个性饰品，创意让生活更加美丽。

所需材料

- 米色的14支阿依达十字绣布

- 多块粉色、浅绿色和白色的不织布：

  12.5cm × 20.5cm

- DMC棉线（颜色参看绣图）

- 十字绣针，24~26号

- 双胶衬

- 花朵和瓢虫造型纽扣

- 荷叶边织带

- 配色的手缝线

成品尺寸：11.5cm × 9cm

书形针插

打开一张张布艺书页，神秘的针插立刻现身，里面竟然囊括这么多的针线用品，有了这么得力的收纳用品，手工制作定然乐趣无限。

绣出十字绣图案

参看118页的绣图，在阿依达十字绣布的中心绣出玫瑰图案。行针时，选用双股DMC棉线，斜跨一个方格绣一针，绣出整齐的十字针。图案绣完后，绣布的背面烫上双胶衬。绣图的四周向外数四个方格，用锯齿剪为绣布裁出漂亮的波浪花边。

缝制书形针插

1 使用锯齿剪，将粉色、浅绿色和白色不织布均裁成
11cm×20cm的尺寸（见图 a ）。粉色布作为书
册的封皮和封底，白色和浅绿色布作为内层的书页，各块
布摆放整齐（见图 b ）。

2 取粉色的缝线，在距离书脊约1cm的地方竖直缝一
条线，固定其内的各张不织布书页（见图 c ）。
然后，裁剪一段荷叶边织带，遮盖住那条粉色的缝线，取
配色的缝线，小针脚缝合固定织带。

3 将绣好玫瑰的阿依达十字绣布熨烫到书册的封面，
取浅粉色的缝线，平针缝法在绣布的波浪边内装饰
上一圈浅粉色线迹。

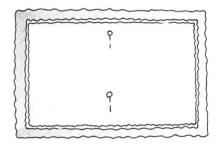

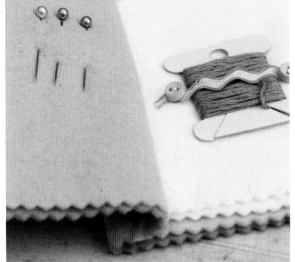

宠物系列
Furry Friend Favourites

很多宠物的主人喜欢购买各式玩具，逗弄小家伙开心。这款拉绳玩具袋可以悬挂在家中，不用占据太多的空间，就可轻松收纳零零碎碎的玩具用品，既漂亮又实用。家有狗狗的话，可以缝制一款绣有小狗图案的玩具袋，再制作一款生动逼真的玩具骨头，岂不是更棒了！养有猫咪的话，那就稍作变动，制作一款绣有小猫图案的玩具袋，对了，还有玩具小鱼，鱼腹内填入猫咪最喜欢闻的"猫薄荷"，看看，谁最开心了？喵喵……

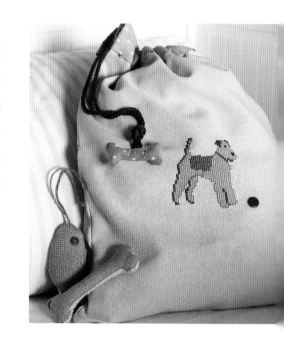

适合——

• 初次养宠物的主人。

• 宠物猫、狗用品应有尽有的家庭。

• 任何喜欢小动物的朋友。

所需材料

- 浅绿色的18支平纹织物：56cm×89cm

- 绿底白圆点棉布（袋子顶边）：

  104cm×15cm；少许碎布（玩具骨头）

- DMC棉线（颜色参看绣图）

- 十字绣针，24~26号

- 红色线绳，长127cm

- 红色纽扣

- 少许填充棉

成品尺寸：53.5cm×43cm

玩具袋

这款玩具袋非常可爱，超级实用，在支数较高的平纹织物上刺绣也非常方便，所以整体制作简单极了，不妨一试。

绣出十字绣图案

取平纹织物，横向对折，沿着折线刮压出清晰的折痕。参看119页的绣图，在布料的左半边绣出小狗（或小猫）图案。行针时，每隔两条亚麻纤维绣一针，十字针选用3股DMC棉线，而绣回针时需用单股线。然后，在绣图的附近缝上一粒红色纽扣装饰。

縫制玩具袋

1 取104cm×15cm的小圆点棉布，各边做1cm折边。两条短边再次卷折，缝合该折边。布带纵向对折，宽度减半，熨平。

2 布带放到平纹织物（袋子主体）的顶边上。两布正面相对，顶边对齐，每隔2.5cm插入一枚珠针，固定两层布。取红色的双股棉线，在每枚珠针的位置缝上十字针。将布带折向袋内，藏针缝合袋内的布边（见图 a），双折的布带在袋子顶部形成拉绳通道。

3 袋子正面相对沿着折痕对折，留出6mm的缝份，缝合侧边和底边（见图 b）。布角处剪牙口，将布料翻到正面，熨平袋子的各边。

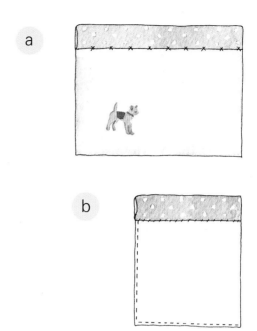

縫制骨头标签

1 取一小块绿底白点布，对折。将122页的骨头图样描到布料的背面，缝合前暂时不用裁剪。

2 沿着骨头的轮廓线缝合两层布，在一边上留返口。紧贴缝线外侧裁剪布料，布角处剪牙口，将布料翻到正面。返口内填入足量的填充棉。

3 红色线绳穿入玩具袋顶部的通道内，绳子的末端塞进骨头标签的返口内（见图 c），最后，缝合返口。

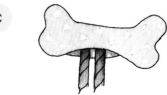

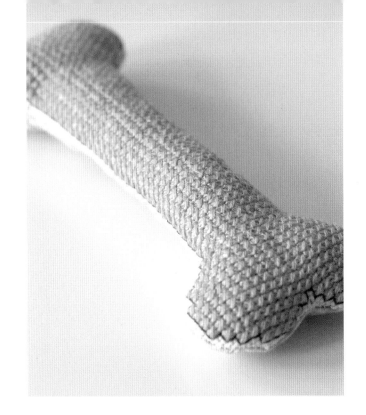

所需材料

- 米色的18支平纹织物：11.5cm×18cm

- DMC棉线（颜色参看绣图）

- 十字绣针，24~26号

- 米色的格子布（底布）：11.5cm×18cm

- 少许填充棉

成品尺寸：5.7cm×14cm

玩具骨头

　　这款布艺玩具惟妙惟肖，酷似狗狗的美食最爱：骨头。扔到地上，小狗定然眼红，忙着追赶嬉玩，看着它尽情撒欢的样子，主人心里自然乐开了花。

绣出十字绣图案

　　参看119页的绣图，将骨头图案绣在绣布（平纹织物）上。行针时，每隔两条亚麻纤维绣一针，十字针选用3股棉线，回针选用单股棉线。

缝制玩具骨头

1 将绣有骨头的绣布熨平后，与米色格子布正面相对叠齐，沿着绣图的轮廓线缝合两层布，形成骨头形状的袋子。

2 在袋子背面的中心，用剪刀在格子布上剪开一个小口，作为返口。将布料翻到正面，熨平布边，塞入足量的填充棉。最后，用藏针缝合骨头袋背面的返口。

所需材料

- 绿色的18支平纹织物：16.5cm×12.7cm

- DMC棉线（颜色参看绣图）

- 十字绣针，24～26号

- 白绿色相间的格子布（底布）：16.5cm×12.7cm

- 红色纽扣

- 少许填充棉

- 悬挂用的麻绳

成品尺寸：6.3cm×12cm

玩具小鱼

　　猫咪太贪睡了，为它找点乐子吧！趁着刚刚睡醒伸懒腰的工夫，在它面前晃晃这条颜色鲜亮的小鱼，这家伙顿时来了精神，猛扑上来，一场猫鱼大战就此拉开序幕。

绣出十字绣图案

　　参看119页的绣图，将小鱼图案绣在绿色绣布（平纹织物）上。行针时，每隔两条亚麻纤维绣一针，十字针选用三股棉线，回针选用单股棉线。然后缝上一粒红色纽扣作为鱼眼。

缝制玩具小鱼

1 取绣有小鱼的绣布，熨平布料后，与白绿色格子布正面相对叠齐，沿着绣图的轮廓线缝合两层布，形成小鱼形状的袋子。

2 在袋子背面的中心，用剪刀在格子布上剪开一个小口，作为返口。将布料翻到正面，熨平布边，塞入足量的填充棉，用藏针缝法缝合返口。最后，剪一段麻绳，缝到鱼嘴位置，将小鱼悬挂起来。

邦尼兔
Bunny Cuddles

长耳朵，红鼻子，歪着脑袋，睁着一双温顺善良的眼睛，笑意盈盈，注视着大家，真是一只人见人爱的小兔子乖乖。小朋友们看到这款邦尼兔，无不爱不释手，抓起它那长长的耳朵、手臂，甚至是双腿，都想与这个可爱的朋友来个亲密拥抱。这里，吊带裤的两条裤腿设计了不同的装饰，一侧是用大针脚缝上了一块印花棉布，另一侧则点缀了一块绣有小蘑菇图案的亚麻布。当然，这里的衣着设计比较简洁，你可以开动大脑，为兔子穿上各种好玩又好看的趣味外衣。

适合——

· 送给小朋友，小家伙定然爱不释手，细心珍藏。

· 希望小朋友像小兔子一样开开心心，健健康康。

· 任何喜欢小动物的朋友 —— 照料布艺动物更容易。

所需材料

制作兔子

- 米色的28支亚麻布

- 蓝底白点布

- DMC棉线（颜色参看绣图）

- 旧口红（点出兔子的双颊）

制作兔子衣服

- 白色的28支亚麻布（裤腿上的绣布）

- DMC棉线（颜色参看绣图）

- 十字绣针，24～26号

- 浅蓝色的28支亚麻布（裤子）：38cm×30.5cm

- 小块的蓝色不织布

- 废弃的条纹T恤衫

- 印花棉布（裤腿上的贴布）

- 双胶衬

- 3粒浅蓝色的纽扣

成品尺寸：高39cm

缝制兔子

1 米色亚麻布折成双层，参看123页的图样，在布上描画出兔子身体各部分的图样（见图 **a**）。先不用单个剪开各个部分。沿着轮廓线，分别缝出2个手臂，2个腿部和2片身体（见图 **b**）。

2 从亚麻布上裁下耳朵，从小圆点布上裁下等大的布片，作为耳朵的里布。两布正面相对叠齐，缝合，并在耳朵的底部留一返口。紧贴着缝线，裁出兔子身体各部分，翻到正面，熨烫平展。

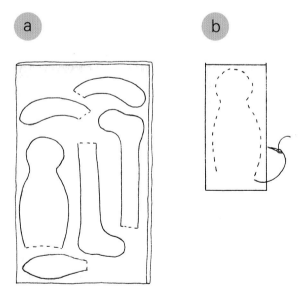

3 兔子身体内填入足量的填充棉，缝合底边，整理布边，使缝份线位于兔子前侧的中线上。同样，双腿内填入填充棉，缝到兔子身体的下侧，调整位置，使脚部朝向身体的前侧（见图 **c**）。双臂内塞入填充棉，缝到身体的两侧。

4 采用平针缝法，在耳朵底部的返口处缝一条线。
抽紧该线，形成褶皱。然后，将耳朵缝到头部的
两侧（见图 d）。

5 制作面部时，用缎纹绣针法缝出鼻子，法式结针
法缝出双眼，再用回针法缝出嘴巴。针法的具体
操作可参看113、114页。用口红将兔子的双颊涂成淡淡
的玫红色。然后，取棕褐色的双股棉线，回针法在手臂
的下端缝出两条线，作为兔爪。

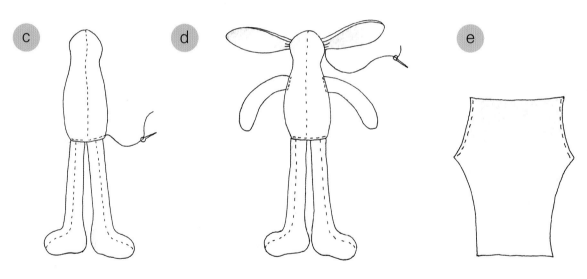

缝制衣服

1 浅蓝色的亚麻布双折成两层，参看124页的图
样，在布上描画出2片裤子的图样。裁下，叠放
到一起，缝合侧边（见图 e）。调整裤子，使接缝线位
于兔子身体的中线上，缝合两条裤腿。

2 在每条裤腿的底部，用蓝色线绣出一条十字绣饰边。行针时，选用双股棉线，每隔两条亚麻纤维绣一针（见图 f ）。腿的底边粘上少许双胶衬，卷两折，形成光滑的折边。裤子套到兔子的腰部，在裤腰位置打些褶子，与兔子的腰围相衬。取2片印花棉布，背面附上双胶衬，分别烫到两条裤腿上。再取配的缝线，大针脚缝合固定。

3 裁一片7cm×5cm的蓝色不织布，作为背带裤上的围兜，再裁2片1cm×13cm的蓝色布带，作为背带。将2条背带缝到围兜的上侧，接缝处分别装饰一粒蓝色纽扣（见图 g ）。围兜的底部压在裤腰下，平针缝法缝小针脚固定。背带绕到兔子的背部，与裤子的后腰缝到一起。喜欢的话，可在接缝处同样装饰上纽扣。

4 参看124页的图样，用旧条纹T恤衫裁剪一件相应大小的T恤衫，缝合（参看图 h ），卷起衣袖。

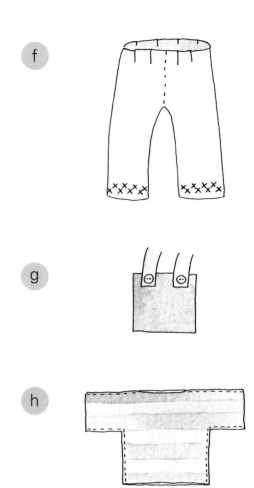

绣出十字绣图案

参看120页的图样，在亚麻布上绣出蘑菇图案。行针时，使用双股的棉线，每隔两条亚麻纤维绣一针，绣出整齐的十字针。将绣布剪成3.8cm见方的正方形，各边做小折边，背面附上双胶衬，烫到左侧裤腿上，取红线用大针脚缝合固定。最后，绣布的一角点缀一粒蓝色纽扣。

邦尼兔

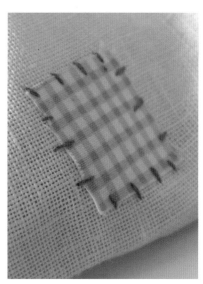

邦尼兔静坐不语，憨态可掬，透着几份可爱和天真。小孩子最喜欢和它做伴了，即便长大以后，这只兔子还是家中最喜爱的玩具。

玩偶盖被

Dolly's Cosy Quilt

小孩子喜欢过家家，玩具总是放在床上，睡觉时也不例外，那就缝制这款小巧玲珑、绚丽迷人的玩偶盖被，时时陪伴她们！可以利用家中的零碎花布，也可裁剪孩子们穿旧、变小的旧衣服，拼拼缝缝，轻轻松松就可制作出来。孩子喜欢的话，被子上可点缀些纽扣、yo-yo花朵以及十字绣图案，还可用雏菊绣针法绣出逼真的花朵，花心放上一粒小纽扣，打造一款色彩斑斓、童趣无限的小盖被。不过，完工之后，你肯定抵挡不了诱惑，那就为自己缝制一款大号盖被吧，和孩子一起感受美丽布艺的无穷魅力。

适合——

· 与玩偶寸步不离、年龄尚小的女孩子。

· 年龄略大、对布艺和彩饰颇感兴趣的小姑娘。

· 缝上衣架，悬挂在儿童间，作为美丽的布艺壁挂。

所需材料

- 30片各色正方形棉布：8cm×8cm（含缝份）

- 白色棉布（饰边）：200cm×3.8cm

- 婴儿主题的印花布（底布）：46cm×51cm

- 铺棉：46cm×51cm

- 印花棉布（滚边条）：203cm×4.5cm

- 白色、蓝色的28支亚麻布

- DMC棉线（颜色参看绣图）

- 十字绣针，24～26号

- 大、中、小号的彩色纽扣

- 制作yo-yo用的印花棉布

- 双胶衬

成品尺寸：42cm×48cm

缝制拼布被

1 30片正方形棉布自由组合花色，布边对齐，摆放成5×6的行列。任选2片布，正面相对叠齐，手工缝合相接的布边（见图 a）。同理，缝合其他相接的布边，形成一大块五颜六色的拼布被面。熨平缝份。

2 依据自己喜好，在拼布上用雏菊绣针法绣出大小不等的花朵（针法参看114页），并在花心装饰上小纽扣。在拼布上一些布块的相接点，缝上一些大纽扣装饰。参看112页的制作说明，制作4片yo-yo花朵，零落点缀到拼布上。

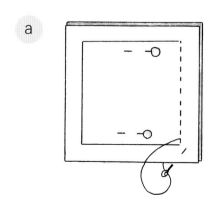

绣出十字绣图案

1 参看120页的绣图，在白色亚麻布上绣出蘑菇图案。行针时，使用双股的棉线，每隔两条亚麻纤维绣一针，绣出整齐的十字针。绣布的四边做小折边，布背面附上双胶衬，烫到被面上，再用红线缝合。同理，在亚麻布上绣出大象图案，贴缝到被面上，作为趣味装饰图案。

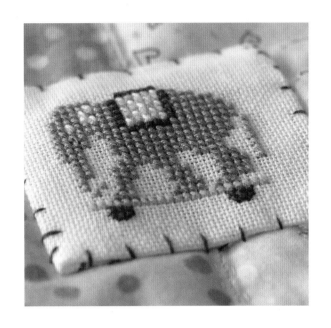

2 参看绣图，在亚麻布上绣出花朵图案，花心点缀一粒纽扣。印花布上剪下一片叶子造型，用双胶衬烫到花朵一侧。取绿色的缝线，采用毯边锁缝针法，锁缝叶子的边缘。然后，取红色的缝线，将这块带有红花绿叶图案的绣布缝到被面上。

收尾

1 测量一下被面四边的长度，裁下4条相应长度的白色棉布（宽3.8cm），作为饰边。先将对应的两条饰边缝合到被子的顶边和底边上，再缝合两侧的饰边（见图 b）。

2 印花布（底布）正面向下平放，上面垫上铺棉，最上层放置拼布被面，拼布的正面印花图案向上，形成三层叠放，用珠针固定或疏缝固定。取白色的缝线，平针缝法沿着各个拼布块的布边缝合被子。

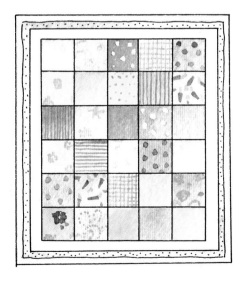

b

3 取4.5cm宽的印花棉布带，为被子的外围滚边。制作时，裁剪两条印花布带，两布相交呈直角。相接的布边以45度角斜折，斜向拼缝两条布带。裁剪缝份，使其尺寸为6mm，缝份左右分开并熨平。裁剪足够长的布带，同理拼缝到一起，滚边条的总长度应比被子的周长多出7.5cm。

4 滚边条纵向对折，一侧毛边和被边对齐后用珠针固定该边。在被角位置，如图所示折叠转向（见图 c）。取针线，将滚边条和被边缝合到一起，最后，缝合滚边条的首尾相接处。将滚边条折向被子的背面，藏针缝法缝合下折的布边。

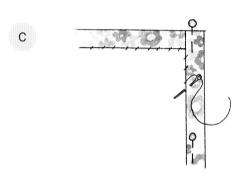

　　微型盖被小巧玲珑，颜色亮丽，还有很多趣味无限的装饰细节，小孩子定然喜欢得不得了。手作如此简单，那就多做几款吧！

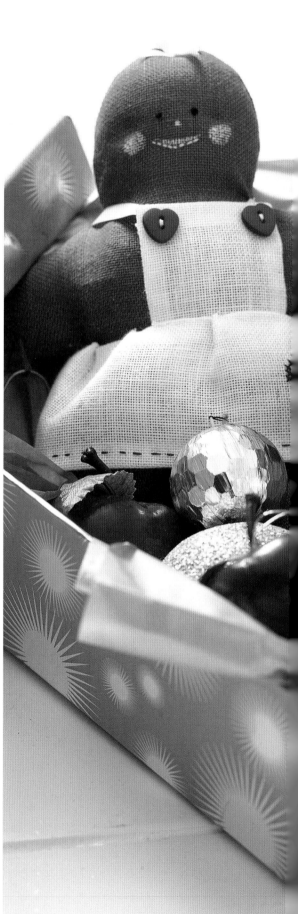

Get Festive 节日篇

心形饰
Festive Hearts

这些心形饰造型独特，现代风味十足，作为装扮家居的圣诞饰品再好不过了。制作时，可利用家中的彩色布块，裁剪成心形，装饰上不织布、印花布裁剪的花样贴布，再点缀上漂亮的十字绣图案即可，整体制作既简便，又好玩。当然，还可在成品上点缀草莓绣图、丝带、异形纽扣和趣味贴布等饰品，悬挂起来，扮靓爱家。

适合——

- 送给派对的主人，感谢盛情款待；或送给家中客人，奉上节日的祝福。

- 乔迁新居时装扮新家，让布艺美化生活。

- 填入百花香等香料，让爱家芳香四溢。

所需材料

（单个心形饰）

- 心形所用的2块粉白色调印花棉布（条纹、圆点或碎花图案）：18cm×10cm

- 绿色印花布

- 白色的28支亚麻布

- 十字绣针，24~26号

- DMC棉线（颜色参看绣图）

- 双胶衬

- 填充棉

- 浅绿色不织布

- 红色纽扣

- 绿色丝带，长24cm

- 水消笔或褪色笔

成品尺寸：16.5cm×9cm

缝制心形饰

1 参看124页的图样，使用水消笔或者气消笔，在一块粉白色印花布上描出心形图案，裁剪后作为前片。

2 裁剪一小块绿色印花布，布的背面烫上薄胶衬。将该布熨烫到粉白色布上。然后，再将绣好图案的亚麻布熨烫到前片上，与绿色布的顶部略微重叠。取两股的红色或绿色棉线，用大针脚固定这两片贴布的布边。

3 取另一片粉白色印花布，作为心形饰的后片。前、后片正面相对叠压，沿着心形轮廓线缝合各边，并在下侧留一返口（见图 a）。翻到正面，熨平布边。

4 返口内填入足量的填充棉，缝合返口（见图 b），心形饰基本成型。丝带对折，缝到心形饰的顶部凹口，作为悬挂的垂带。布上若仍有外露的标记痕，可喷少许水，再用厨房用纸巾擦拭干净。

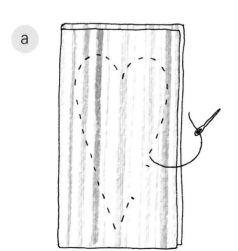

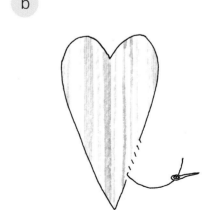

5 取一小块绿色不织布，裁下两片冬青叶造型。取绿色棉线，回针法在叶子的中心缝出叶脉（见图c）。叶子摆放到心形饰的顶部，缝合，在叶子的交会处放一粒红色的纽扣，取红线缝合固定。

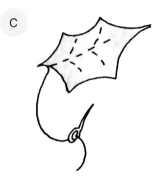

好礼速成

- 缝出心形饰，点缀上贴布，绣出代表朋友年龄的数字或是名字的首字母，送出生日的祝福。

- 心形饰小巧玲珑，送给爱美的女孩子，作为包包上的幸运挂饰，或是钥匙环上的趣味装饰。

- 买好了礼物，可在包装纸内放入漂亮的心形饰，为礼物注入手作的温馨，体现真心和诚意。

圣诞节到了，可为圣诞树或门把手挂上这些可爱的心形饰，或是用丝带串成一串，装饰在家居用品上，营造浓浓的节日气氛。

圣诞长筒袜
Christmas Stocking

小孩子喜欢联想，长筒圣诞袜就意味着鼓鼓囊囊的礼物，那就手把手教小家伙制作一款，体验初次手作的兴奋和乐趣吧。这款圣诞袜呈现出浓浓的北欧风情，米色与粉红色交相映衬，活泼的格子布裁剪成条条饰带，还化身为片片经典的圣诞主题贴布，再加上简洁的圣诞树绣图，可谓老少皆宜，人人喜爱。除了悬挂起来装扮家居，还可以在上面绣上亲友的名字或首字母，放进礼物包装袋内，为亲朋好友送去节日的祝福和惊喜。

适合——

• 作为送给小孩子的第一条圣诞长袜。

• 作为手作艺术品，珍藏在家中，代代相传。

• 有效利用家中的零碎布料，营造圣诞气氛。

所需材料

（长袜）

- 米色的28支亚麻布带：6.5cm×15cm

- DMC棉线（颜色参看绣图）

- 十字绣针，24～26号

- 原色布（未漂白的白棉布），长约0.5m

- 红白色调的格子布和条纹布

- 双胶衬

- 配色线

- 约60克铺棉

- 7粒白色纽扣

（挂饰）

- 米色的28支亚麻布片

- 红、白色的米珠

- 红、白色的小纽扣各3粒

- 填充棉

- 红白相间的格子丝带

- 双胶衬

- 配色线

- 约60克铺棉

- 7粒白色纽扣

缝出十字绣图案

参看121页的图样，使用2股棉线，每隔两条亚麻纤维绣一针，在亚麻布带的中心绣出圣诞树图案。

缝出长袜

1 参看126、127页的图样，在原色布上描出长裤的造型，描图时留出1.5cm的缝份。共裁下4片布：一片前片，一片后片，以及前、后片的里衬（见图 **a**）。

2 裁下5条红白色调的格子布带，长约16.5cm，但宽度不等，作为裤子上的饰带。裁剪等大的双胶衬，烫到各条布带的背面。

3 各块红白色调印花布的背面烫上双胶衬。扩印122页的图样，在布背面的双胶衬上描出圣诞树、星星、月亮等造型（见图 **b**）。裁下这些趣味贴布。

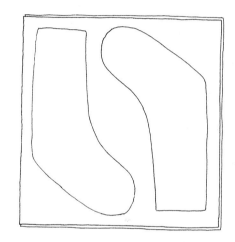

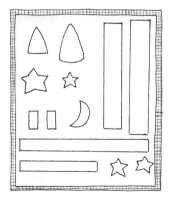

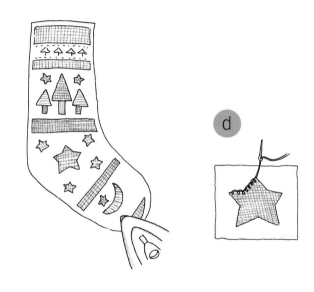

4 将各条饰带和趣味贴布摆放到袜子的前片上，位置调整满意后，取熨斗烫黏合（见图 c ）。取红色的缝线，采用毯边锁缝针法（具体针法参看113页），将各条饰带和贴布的布边锁缝到位（见图 d ）。

5 亚麻绣布的两条长边做小折边，取配色的缝线，藏针法缝合到前片顶部饰带的下方。缝上几粒装饰纽扣。

6 袜子的前片和里布叠齐，裁剪等大的铺棉，夹在两层中间，三层叠压后取米色的缝线，沿着袜子上的各条装饰布边绗缝固定三层布料。

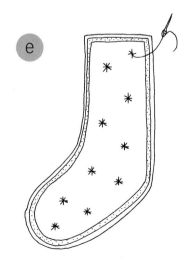

7 袜子的后片和里布叠齐，将铺棉夹在两层中间。取米色的缝线，缝出零星的星星造型，固定三层布料（见图 e ）。

8 红白色调的条纹布弯成一个吊环。袜子的前、后片正面相对叠压，将吊环夹在袜子顶端的缝份间，缝合前后片，并留一返口。裁剪缝边，转弯处剪牙口。翻到正面，裁剪一条原色布带，为袜子的顶部滚边。

圣诞长筒袜

圣诞长筒袜

缝制挂饰

1 取米色的28支亚麻布片，参看120页的绣图，使用两股棉线，每隔两条亚麻纤维绣一针，在亚麻布上绣出粉色的圣诞树图案。绣图完工后，树上零星点缀几粒纽扣和米珠。

2 绣图的四周向外量1.5cm，沿线裁剪绣布，再裁剪一块等大的亚麻布。两布正面相对叠压，缝合各边，并留一返口。

3 裁剪缝边，布角处剪牙口，翻到正面。返口内填入足量的填充棉，缝合返口。红白色相间的格子丝带缝到顶部，丝带穿进长袜顶部的吊环内，作为配套的趣味挂饰。

好礼速成

- 亚麻布带上绣出装饰图案，制作成漂亮的布艺书签。

- 制作出立体的圣诞主题贴布造型，悬挂在圣诞树上。

这款纯手工打造的圣诞长筒袜设计精巧，趣味无限，贴合现代家装的个性DIY装饰风潮，垂吊在家中，的确是不错的饰品。

礼物袋系列

Bearing Gifts

这里展示的礼物既有小巧玲珑的礼物袋，还有一款时尚感十足的蛋糕饰带，件件做工精美，值得尝试。礼物袋呈现素洁的白色调，上面绣出了醒目的圣诞主题图案，顶边则用喜庆的彩色印花布进行滚边，动静结合，令人赏心悦目。圣诞节前，可一并奉上这款相配套的蛋糕饰带，扮靓圣诞餐桌，激发大家的食欲。这些作品中的十字绣图案线条简单，适合初学者尝试，喜欢的话，可制作出同系列的圣诞贺卡。

适合——

· 作为临出门前可短时间内完工的手作礼物。

· 悬挂在餐厅内的椅背上，欢迎宾朋参加节日的派对。

· 多做几个，圣诞节时，作为餐桌上的主题装饰。

所需材料

- 2块白色的28支亚麻布：14cm×10cm（另加缝份）

- 滚边用的红白色调印花布：3cm×32cm

- 红白色调的条纹丝带，长60cm

- DMC棉线（颜色参看绣图）

- 十字绣针，24～26号

成品尺寸： 14cm×10cm

星星礼物袋

这款小巧的拉绳袋浪漫可爱，适合放入珠宝、靓彩饰品等女孩子喜欢的贴心小礼物。当然，也可放置在厨房中，收纳各种形状的饼干模，或烹调一些美食时必需的八角茴香。

缝制袋子

1 两块白色亚麻布叠齐，缝合一条侧边（见图 a ）。

2 从顶边向下量4cm，在此处抽去5条横向的亚麻纤维，形成可穿入丝带的通道（见图 b ）。

a

b

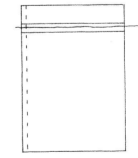

3 两布正面相对，将滚边用的布料放置在亚麻布的顶边上，对齐后缝合（见图 c）。

4 参看121页的图样，在作为袋子前片的亚麻布上绣出星星图案。行针时，用双股棉线，每隔两条亚麻纤维绣一针。

5 将滚边条折进袋内，藏针法缝合到位（见图 d）。袋子的前、后片反面相对叠压，缝合另一条侧边和底边（见图 e）。

6 翻出袋子，熨平。在通道内穿入丝带，拉紧丝带，末端打出漂亮的蝴蝶结，收拢袋口（见图 f）。

c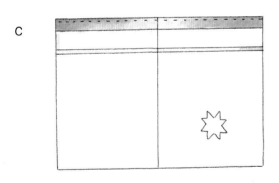

d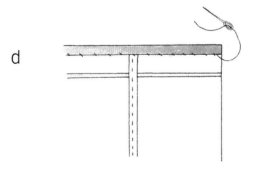

e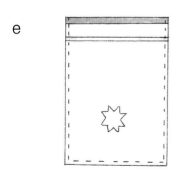

f

所需材料

- 2块白色的28支亚麻布：18cm×12cm（另加缝份）

- 滚边用的红白色调印花布：3.5cm×38cm

- 印有红绿色圆点的丝带，长60cm

- DMC棉线（颜色参看绣图）

- 十字绣针，24~26号

成品尺寸：16.5cm×10cm

圣诞树礼物袋

　　这款拉绳袋与星星礼物袋的制作方法类似，不过尺寸略大一些。若在袋内放入金色、银色的糖衣杏仁，作为零食袋送给小孩子，最好不过了。

缝制袋子

1 两块白色亚麻布叠齐，缝合一条侧边。从顶边向下量4cm，在此处抽去5条横向的亚麻纤维，形成可穿入丝带的通道。两布正面相对，将滚边用的印花布放置在亚麻布的顶边上，对齐后缝合。

2 参看121页的图样，在作为袋子前片的亚麻布上绣出圣诞树图案。行针时，采用双股棉线，每隔两条亚麻纤维绣一针。

3 将滚边条折进袋内，藏针法缝合到位。袋子的前、后片反面相对叠压，缝合另一条侧边和底边。翻出袋子，熨平。在通道内穿入丝带，拉紧丝带，末端打出漂亮的蝴蝶结，收拢袋口。

所需材料

- 白色的28支亚麻布：15cm×24cm

- 滚边用的红、粉、绿色调印花布：3cm×27cm

- 红、粉、绿色调的印花布（吊带）：15cm×4cm

- 亮绿色的丝带，长60cm

- DMC棉线（颜色参看绣图）

- 十字绣针，24～26号

成品尺寸：14cm×10cm

驯鹿礼物袋

这款拉绳袋上的驯鹿非常可爱，小孩子一定喜欢在袋内装入各式甜点，等待圣诞老人和红鼻子驯鹿在平安夜准时进城。袋子的背面设计了吊带，方便将袋子悬挂在圣诞树或壁炉台上。

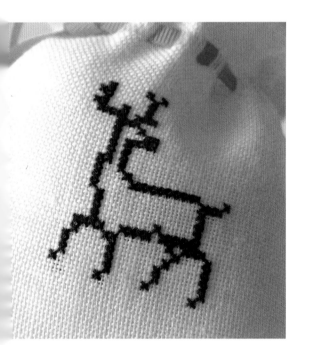

缝制袋子

1 首先，两布正面相对，将滚边用的印花布放置在亚麻布的顶边上，对齐后缝合（见图 a）。

a

2 从亚麻布的顶边向下量4cm，在此处抽去5条横
   向的亚麻纤维，形成可穿入丝带的通道。参看
121页的图样，在亚麻布上绣出驯鹿图案。行针时，用
双股棉线，每隔两条亚麻纤维绣一针（见图 b ）。

4 将制作吊带用的印花布纵向对折，缝合长边。翻
   到正面，熨平缝边，调整位置，使得接缝线位于
吊带背面的中心线上（见图 e ）。

b

e

3 亚麻布正面相对，对折，缝合侧边，整烫熨
   平（见图 c ）。 调整袋子，使得原侧边的
接缝线位于袋子后片的中心线上，缝合底边（见图
d ）。将袋子翻到正面，熨平布边。

5 吊带两端的毛边折进少许，将一端放置到袋子
   后片的中间，与袋子的顶边相距约2.5cm，缝
合（见图 f ）。另一端放置到前片的里层，位置与对
侧的吊带等高，然后缝合（见图 g ）。

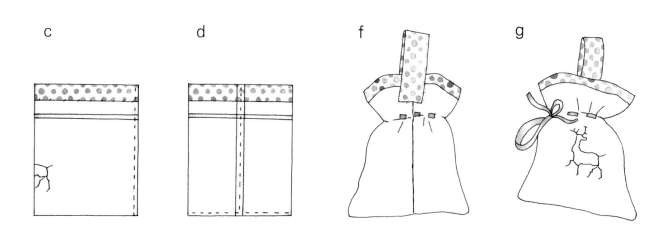

c

d

f

g

这些拉绳袋可爱迷人，的确为完美的馈赠礼品。当然，也可在袋内填入符合时令的干花，或是令人垂涎的糖果，一并送出，令人心醉。

所需材料

- 白色的14支阿依达十字绣布：宽7.5cm，长度可绕蛋糕一周

- 滚边用的红白色调印花布：3.5cm×38cm

- DMC棉线（颜色参看绣图）

- 十字绣针，24～26号

- 尼龙粘扣

成品尺寸：宽7.6cm，长度可绕蛋糕一周

节日蛋糕饰带

测量家中蛋糕的周长，可制作出相应大小的蛋糕饰带，十字绣图案和滚边条的颜色可自由搭配，喜欢的话，可以大胆尝试绿色或蓝色调的装饰细节。

缝制饰带

1 两布正面相对，将一条滚边用的印花布带和阿依达十字绣布叠齐，沿着一条长边缝合。滚边条翻向阿依达十字绣布的背面，毛边做折边，缝合到阿依达十字绣布的背面。同理，为底侧布边添加滚边条。

2 阿依达十字绣布纵横向对折，确定绣布的中心点。 参看121页的绣图，在布上交错绣出圣诞花和星星图案。行针时，用双股棉线，斜跨布上的每个方格绣一针。注意，仔细计算，确保各个图案的间距均匀一致。

3 绣图完工之后，熨烫整平。在饰带上添加尼龙粘扣，将饰带套在蛋糕外围。

有了这么漂亮雅致的蛋糕饰带，制作圣诞蛋糕就更有乐趣了，赶快动手吧！

姜饼人夫妇
Mr and Mrs Gingerbread

这些玩偶小巧可爱，酷似孩子们喜欢的小饼干，陈设在厨房中，做饭仿佛也多了很多趣味呢！这里，我们制作了一对恩爱的情侣玩偶：姜饼人夫妇。喜欢的话，也可以添加一些小姜饼娃娃，凑成一家子，再为每人装饰上颜色各异的丝带和装饰品。当然，还可用碎亚麻布制作一些心形、星星造型的姜饼，壮大厨房中的姜饼家族。

适合——

· 送给孩子们，再附送一些甜点就更棒了。

· 送给那些喜欢饼干、蛋糕等甜点的朋友。

· 送给那些喜欢手作玩偶的朋友。

所需材料

- 身体用的棕色28支亚麻布：21.5cm×35.5cm

- DMC棉线（颜色参看绣图）

- 十字绣针，24～26号

- 填充棉

- 白色丙烯酸漆

- 2粒白色纽扣

- 红白色调的格子丝带和窄的红丝带

- 小捆的桂树枝（可选用）

成品尺寸：19.5cm×14.5cm

缝制姜饼人先生

1 亚麻布对折，将125页上的身体图样描到布上（见图 a）。参看120页的绣图，使用双股棉线，每隔两条亚麻纤维绣一针，在身体的前方绣出一个心形图案。先不用裁剪布料。沿轮廓线缝出身体（见图 b），裁剪，转弯处剪牙口。在姜饼人背部的中心剪出一个小口，作为返口。

a

b

2 翻到正面，熨平布料，从返口内填入足量的填充
棉，缝合返口（见图 c ）。

c

3 取黑色棉线，法式结针法绣出两只眼睛。取白色
棉线，回针法绣出弯弯的嘴巴。使用画刷，在两
侧面颊轻轻刷上一些白色的丙烯酸漆，再用白漆点出圆
圆的鼻子。

4 取红色棉线，在身体的前侧缝上两粒白色的装饰
纽扣。

d

5 取红白色调的格子丝带，围在姜饼人的脖子上，
并系出一个漂亮的蝴蝶结。取窄的红丝带，将桂
树枝系成一小捆（见图 d ），再系到左侧的手臂上装
饰。

好礼速成

• 制作多个大小不一的姜饼人玩偶，犒劳天性爱玩的孩子们。

• 制作一些姜饼人小饼干，放入玻璃纸袋中，用丝带封口，与姜饼人一起
放入玻璃糖罐中。

所需材料

- 身体用的棕色28支亚麻布：36.5cm×21.5cm

- 围裙用的白色28支亚麻布：35.5cm×6.5cm

- DMC棉线（颜色参看绣图）

- 十字绣针，24～26号

- 填充棉

- 白色丙烯酸漆

- 2粒红色纽扣

- 窄的白丝带

- 小号的白色蝴蝶结

- 玩具饼干模（可选用）

成品尺寸：19.5cm×14.5cm

缝制姜饼人太太

1 亚麻布对折，将125页上的身体图样描到布上。注意，缝合前先不用裁剪身体用布。沿轮廓线缝出身体，裁剪，转弯处剪牙口。在姜饼人背部的中心剪出一个小口，作为返口。

2 翻到正面，熨平布料，从返口内填入足量的填充棉，缝合返口。

3 取黑色棉线，法式结针法绣出两只眼睛。取白色棉线，回针法绣出弯弯的嘴巴。使用画刷，在两侧面颊轻轻刷上一些白色的丙烯酸漆，再用白漆点出圆圆的鼻子。

缝制无袖围裙

1 制作裙子时，需先裁剪一块28cm×6cm的白色亚麻布。缝合两条短边，调整位置，使接缝线位于背部。底边做折边，用平针缝针法在底部的折边上缝出红色的装饰线。参看120页的绣图，使用双股红色棉线，每隔两条亚麻纤维绣一针，在裙子的下侧绣出醒目的心形图案（见图 a）。

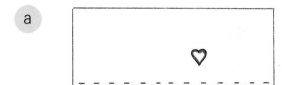

2 制作围裙时，需先裁剪一块6.5cm×6.5cm的白色亚麻布，三边做小折边，熨平折边，用平针缝针法固定折边（见图 b）。

3 将围裙放在裙子下，调整位置，使得围裙上下两部分的腰身恰好相接，依据腰身大小，在裙子的顶边上打褶，然后缝合腰身。取白丝带，裁成两条肩带，分别缝到围裙顶边的左右角。肩带在后背交叉，再缝合到后背的腰部。取白色棉线，在肩带位置缝两粒红色的装饰纽扣（见图 c）。

4 将白色蝴蝶结缝到姜饼人的头顶。最后，取棕色的缝线，将饼干模缝到姜饼人的右手上。

材料和技法
Materials and Techniques

这里，我们将介绍制作各款作品的材料和工具，还有手作过程中的基本技法，初涉布艺的手工爱好者不妨仔细阅读，制作时就能得心应手了。

材料

布料

本书大多作品采用了印花布，这种布色彩清新俏丽，图案可爱怡人，迎合了现代家居装饰的最新潮流。裁剪布料时，应留出缝份的尺寸，通常为6mm到1.3cm。有些作品采用了质地较厚、耐磨损的不织布，裁剪时无须预留缝份。

作品中的十字绣图案可绣在两种布料上，一种是纵横纤维呈方格的阿依达十字绣布，另一种为亚麻布之类的平纹织物。在阿依达十字绣布上刺绣时，可横跨每个方格绣一针；若使用平纹织物，则每隔两条织物纤维绣一针。

线

缝制各款作品时，需选用与布料颜色一致的缝线。绣制十字绣图案时，需选用DMC棉线，多为6股线，刺绣时可以单股分开使用。各款作品的制作说明中会标示出线的股数。

针

制作各款作品时，需准备一些标准尺寸的手缝针和机缝针。绣制十字绣图案需使用特制的十字绣针，这种针的针尖为圆头，不易划破织物表面。圣诞长筒袜上点缀有小巧玲珑的玻璃米珠，要用较细的串珠针来缝合。

标记笔

制作过程中，需要在布料上描出一些标记和图案，有多款标记笔可供选用。最好采用那种便于擦除画痕的类型，这里我们推荐以下几种：气消笔，又名隐形笔，其画痕在一定时间后会自动消失；水消笔，在画痕上洒一些水滴就可消除印记；还有就是裁缝用的画粉。不管使用哪一种，最好先在碎布上测试一下效果。

铺棉（填充棉）

制作绗缝作品时，铺棉可填充在两层织物（表布和底布）的中间，使作品表面更加蓬松，具有立体感。铺棉的材质有多种，最常用的为棉质和聚合纤维。本书中的大多数作品选用了较薄的铺棉，方便缝制。

饰品

书中用到的装饰品多种多样，纽扣、珠子、丝带、穗带等。手工用品店的此类饰品琳琅满目，可以仔细挑选。

技法

处理绣布

开始刺绣前，建议花些时间对绣布做好前期的准备工作，刺绣时就会得心应手，不会因为各种小问题而停工。

• 刺绣前，建议先处理好绣布边缘散边的问题。推荐使用锯齿剪，为绣布剪出波浪饰边，可防止绣布毛边。

• 感觉布料着色不牢、容易掉色的话，可用清水多次冲洗，晾干后熨平再使用。

• 在绣布上行针前，先查看绣图旁所标注的成品图案大小，找一块比成品绣图略大的绣布，以便对绣品进行美化装饰。

• 刺绣时，先找出绣布的中心点，从中心向四周绣制各部分图案，可确保图案不会超出绣布的边缘，还可防止图案在绣布上分布失调。

使用图样

书后的122~126页展示了制作各款作品时所需的图样。具体使用说明可参看122页。

单胶衬和双胶衬

热烫式单胶衬有黏性的网面，用熨斗加热时，网面遇热熔化，就可黏合到布料上。底层有了单胶衬的垫衬，布面看起来更加挺括，也不易拉伸变形，裁剪时还可防止布料毛边。使用时，先裁剪比布面略小的单胶衬，摆放到布料的背面，取中热的熨斗加热即可牢固黏合。如需为绣有图案的布料添加单胶衬，可在绣布的表面覆盖一层厚毛巾，再取熨斗热烫。

双胶衬又称双面黏合衬，该产品的两面都附有一层胶膜，使用时可夹在两层布料间，取熨斗加热即可黏合两层布料。对于本书中的各款作品，黏合衬可便于将绣好图案的绣布黏合到任何布料上。用熨斗加热时，温度中热即可，具体操作手法可参看黏合衬的使用说明书。

黏合贴布

贴布是制作布艺作品中的常用技法，即将一块剪成特定形状的布料固定到另一块布料（底布）上。本书中的很多作品都设计了贴布造型，黏合贴布时建议使用双胶衬，操作起来非常便捷。

首先，在双胶衬的纸层上描出装饰图案或造型，沿线裁下。取一块制作贴布的布料，正面向下放置，双胶衬胶层向下放置在该布上，取温度中热的熨斗熨烫双胶衬的纸层，使两者牢固黏合。依据黏合纸上的画痕，裁剪出相应形状的布料，作为装饰贴布。撕去贴布背面的纸层，贴布正面向上放置在底布上，再取熨斗热烫，使贴布和底布牢固黏合。然后，可依据个人喜好，采用毯边锁缝针法或是平针法固定贴布边，也可用缝纫机在贴布边上车缝出缎纹绣线迹。

绗缝布艺 "三明治"

绗缝布艺作品时，需将表布、铺棉和底布缝合到一起，宛如制作布艺 "三明治" 一般，有了铺棉的垫衬，作品看起来更加蓬松活泼。制作时，底布正面向下放置在台面上，铺棉放置其上，再将表布（或者拼布）正面向上放置在顶层，整理并对齐各层材料。取安全别针或珠针固定各层材料，最后，绗缝固定。

添加珠子

在布料上固定珠子时，需使用串珠针，或者比较纤细的缝针。缝线的颜色应和珠子色调一致，最后可加缝一个十字针（或半十字针）固定线尾。

制作yo-yo花朵

Yo-yo花朵造型逼真，色彩绚丽，可装饰在各款布艺作品上，打造丰富生动的立体效果。

制作yo-yo花朵时，先裁剪一块圆形的印花布，布大小应为成品花朵的两倍，见图 a 。圆形的布边向下折6mm，取结实的缝线，平针缝法在折边上缝一圈，见图 b 。拉紧这条手缝线，布上形成多条褶皱，缝线的末端打结固定，用手持顺褶皱，取熨斗熨烫定型，即为yo-yo花朵，见图 c 。将yo-yo花朵摆放在底布上，带褶皱的一面向上，藏针法缝合到底布上。喜欢的话，花心可装饰上纽扣、珠子等饰品，或用法式结针法绣出凸起的花心。

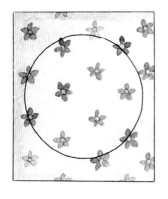

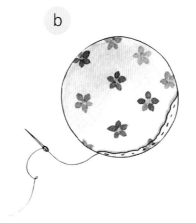

十字绣针法

起针和收针

绣制十字绣图案时，正确的起针和收针方法可让绣品更加整洁，不会在绣布上产生难看的疙瘩，或是显露出长长的线头。

起针时，先为织锦针穿线，线尾打结。绣布正面向上平放，针线从上向下穿过绣布，再从距离线结约2.5cm处出针。依照绣图向着线结的位置刺绣，靠近线结时，剪断底层的线头，消除原来的线结，再接着刺绣。或者，线尾不用打结，折后留一小段线头，直接穿入织锦针内，绣几针后，线尾自然就可隐藏在图案中。

收针时，针线穿入绣品背面的几个针脚中，紧贴着布料剪断绣花线，使线尾隐藏在绣图下。

回针法

在十字绣图上，彩色的线条标志着回针绣区域。刺绣时，多使用单股的绣花线，可单独采用回针法绣出装饰字母及标题，或叠压在其他针脚上突出一些细节，还可环绕在十字针的四周为绣图勾边。

行针时，针线从绣布上的1号点（图1）向上出针，在2号点向下入针。接着，在3号点出针，4号点（即1号点）入针。依此类推，在绣布上绣出连续的线条。绣布的正面显示出短小而整齐的针脚，而背面显示出较长且重叠的针脚。

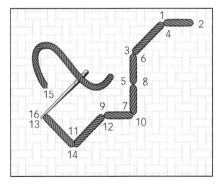

图1 回针法

毯边锁缝针法

该针法可为绣布锁边，还能起到装饰效果，针距的大小可随自己喜好而定。若针距较小、针眼密集，即为扣眼锁缝针法。

行针时，针线从绣布上的1号点（图2）向上出针，在2号点入针，在布边的3号点拉出针线。如图所示，拉线时，线应位于针下，缝线拉紧后，可在布边上形成整齐的直角线迹。同理，沿着布边依次刺绣，可绣出漂亮的布边。

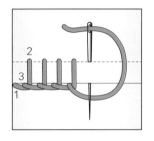

图2 毯边锁缝针法

十字针

本书绣图中最常用的就是十字针，它在绣图上的标示为彩色的方格。刺绣时，每隔平纹织物（如亚麻布）的两条纤维行一针，若使用阿依达十字绣布，可跨越每个方格行一针。

十字针由两个斜针组成：先隔两条纤维（平纹织物）绣一斜针，或斜跨阿依达十字绣布的方格绣一斜针，第二斜针应压在第一针上，且走向相反，形成十字形（图3）。

绣制成排的十字针时，除了逐一单个绣出，还可采用排绣法绣制：先绣一排方向一致的斜针（半个十字形），然后回头在每个斜针上绣出相反方向的斜针，完成十字形的另一半。注意，上层的斜针角度保持一致，绣品才会整洁大方。

 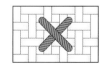

图3a 阿依达十字绣布上　图3b 平纹织物上的十字针
　　　的十字针

3/4十字针

该针法绣出的图案为3/4十字形，又称分数针，多用来为图案添加拐角、弧线等装饰细节。它在绣图上的标示为方格内的彩色三角形（图4）。

3/4针由一个1/2针和一个1/4针组成，行针时，先绣出1/2针（即1斜针），再横跨斜针的中心点绣出一个1/4针。

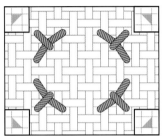

图4　3/4十字针

法式结针法

该针法可以绣出一个小圆点，和十字针组合在一起可为绣品增添立体效果，突出一些细节图案。本书中，绣法式结时均选用双股绣花线，线在针尖缠绕两圈。它在绣图上的标示为彩色的圆点。

行针时，针线从绣布的正面出针，左手（若习惯用左手握针，可用右手拿线）拇指和食指握住绣花线，如图5所示，线在针上缠绕两圈。拉紧绣花线，以防线圈滑落，针从距离上一针孔一条纤维（或是一个方格）的位置入针。在布料背面缓缓收紧线头，直至穿过所有线圈，就可形成一个法式结。想要绣出较大的法式结，可在针上多绕几个线圈。

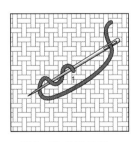

图5　法式结针法

雏菊绣

雏菊绣针法可绣出椭圆的叶片或花瓣，又名花瓣绣。玩偶盖被上的一些装饰细节就是采用该针法呈现的。行针时，只需简单几步：线不用全部穿过布料，在绣布上形成一个小线圈。线垂直压过线圈顶部的中心，绣出一小针，拉紧线固定线圈，即可呈现图6所示的效果。

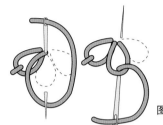

图6　雏菊绣针法

平针缝

依据具体需要，平针缝的针脚可大可小，大的针脚便于收紧缝线，在布料上形成褶皱；而绗缝时多用小的针脚。当然，绗缝的针脚无须特别短小，可依自己的手感来定（图7）。

图7　平针缝或绗缝

缎纹绣

缎纹绣针法多用来绣出实心的图案，在绣品上形成绚丽的色块（图8）。行针时，注意保持针目平坦紧密，填满整个区域。邦尼兔的制作中采用了该针法突出兔子的面部细节。

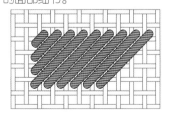

图8　缎纹绣针法

绣 图
The Charts

这里展示的是本书各款作品中所使用的十字绣图，排列和作品的先后顺序呼应。有些作品选用的是部分绣图，刺绣前，建议大家仔细核对书中的实物图片。

彩色的方格代表全十字针，方格内附有圆点，区分相近的线色。

彩色的三角形代表3/4十字针，三角形内附有"+"标志，区分相近的线色。

彩色的粗线代表回针绣。

彩色的圆形代表法式结。

每一张完整的绣图（或图案）均在边线上印有箭头，指向中心点，刺绣时，可用铅笔在绣布的相应位置标记出来。

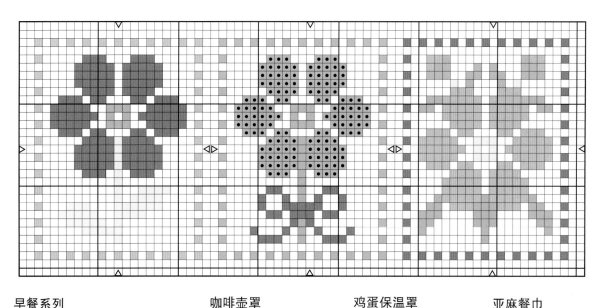

早餐系列

DMC棉线

十字针（双股线）

165	3607	3836
907	● 3716	

咖啡壶罩

只需绣出花朵

绣图格子数（高×宽）：
15×17

绣品尺寸：2.5cm×3cm

鸡蛋保温罩

绣图格子数（高×宽）：
27×21

绣品尺寸：5cm×3.8cm

亚麻餐巾

只需绣出花朵

绣图格子数（高×宽）：
15×17

绣品尺寸：2.5cm×3cm

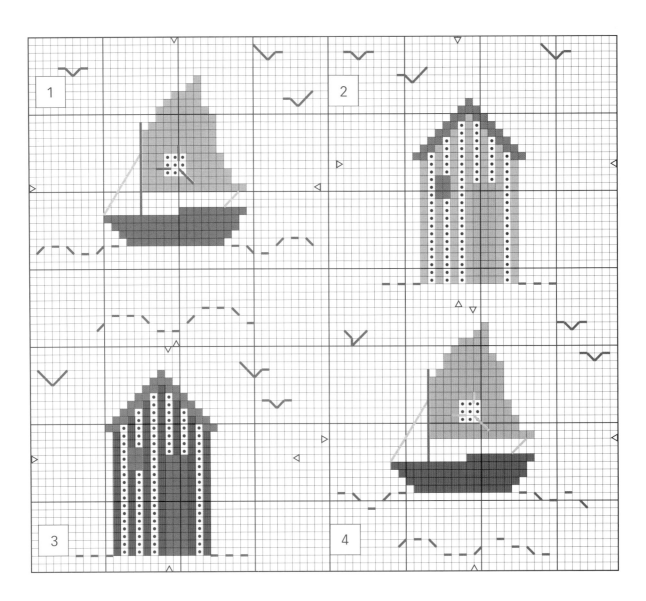

干洗袋和装饰窗

DMC棉线

十字针（双股线）

- 317
- 996
- 3807
- 349
- 3608
- ● 白色

回针法（单股线）
— 317
— 318

装饰帘

绣图格子数（高×宽）：
1. 37×37
2. 31×30
3. 25×25
4. 30×38

绣品尺寸：
1. 6.7cm×6.7cm
2. 5.5cm×5.5cm
3. 4.5cm×6.3cm
4. 5.5cm×6.5cm

干洗袋

绣品格子数（高×宽）：29×31

绣品尺寸：5.2cm×5.6cm

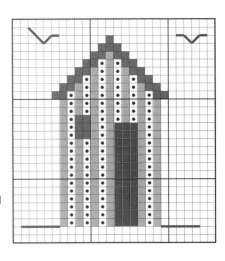

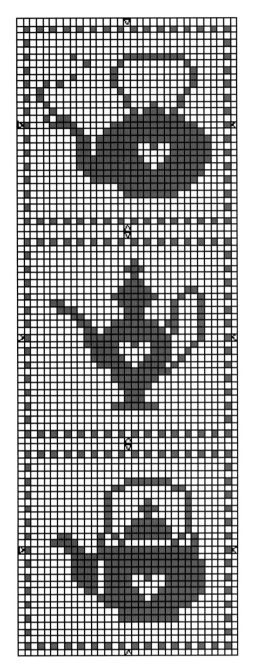

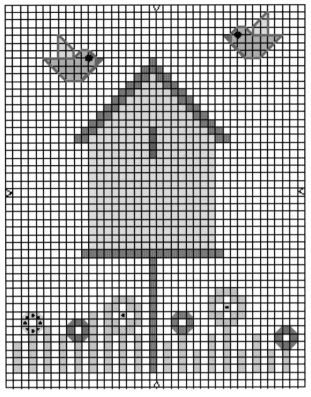

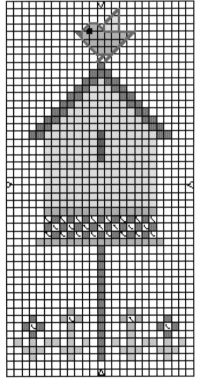

壁挂式收纳袋

DMC棉线

十字针（双股线）

■ 601

绣图格子数（高×宽）

29×31

绣品尺寸：

5.2cm×5.6cm

复古围裙
食谱书

DMC棉线

十字针（双股线）

704	3799
793	3849
3328	3855
3354	白色
3761	

回针法（单股线）

— 3799

法式结（双股线）

● 3799

复古围裙

绣图格子数（高×宽）：

47×38

绣品尺寸：8.5cm×4.6cm

食谱书

绣图格子数（高×宽）：

46×23

绣品尺寸：8.3cm×4.6cm

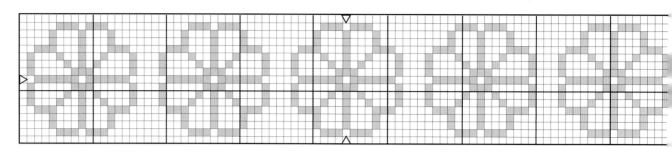

托特包

DMC棉线

十字针（双股线）

███ 818

绣图格子数（高×宽）：

15×87

绣品尺寸：

2.5cm×15.8cm

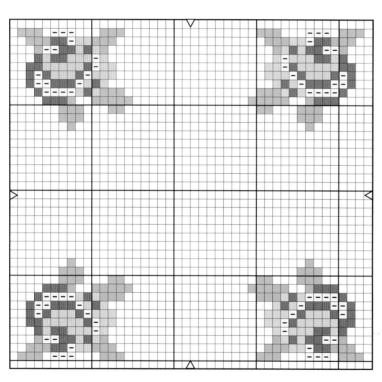

针插垫
书形针插
剪刀挂

DMC棉线

十字针（双股线）

███ 704

— 744

███ 3328

▓▓▓ 3716

针插垫

绣图格子数（高×宽）：

39×42

绣品尺寸：

7cm×7.5cm

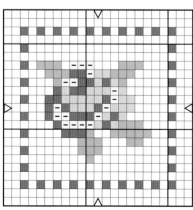

书形针插

绣图格子数（高×宽）：

12×16

绣品尺寸：

3.4cm×3.4cm

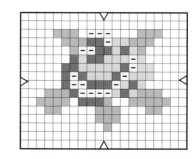

剪刀挂

绣图格子数（高×宽）：

12×16

绣品尺寸：

2.2cm×3cm

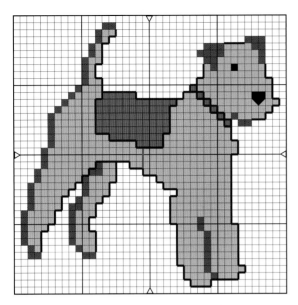

小狗玩具袋

DMC棉线

十字针（3股线）

■ 310

▨ 433

▨ 437

▨ 3328

回针法（单股线）

— 433

— 3328

绣图格子数（高×宽）：38 × 38

绣品尺寸：10.7cm × 10.7cm

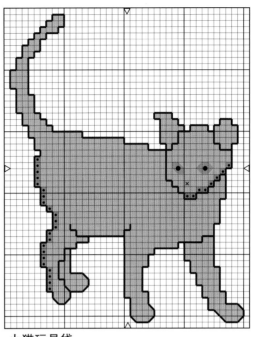

小猫玩具袋

DMC棉线

十字针（3股线）

× 352　　▨ 597

▨ 437　　● 832

回针法（单股线）

— 433

法式结

● 310

绣图格子数（高×宽）：

50 × 39

绣品尺寸：

14cm × 11cm

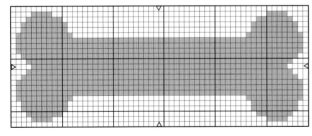

玩具骨头

DMC棉线

十字针（3股线）

▨ 437

绣图格子数（高×宽）：

21 × 56

绣品尺寸：

6cm × 15.8cm

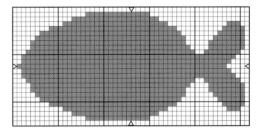

玩具小鱼

DMC棉线

十字针（3股线）

▨ 597

绣图格子数（高×宽）：

23 × 50

绣品尺寸：

6.5cm × 14cm

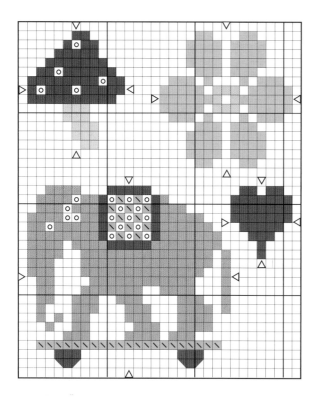

邦尼兔
玩偶盖被

DMC棉线

十字针（双股线）

- 349
- 519
- 642
- 704
- 760
- \ 3845
- O 白色

兔子盖被

绣图格子数（高×宽）：
蘑菇：13×11
花朵：15×15
大象：20×23
心形：8×7

绣品尺寸：
蘑菇：2.5cm×2cm
花朵：2.5cm×2.5cm
大象：3.7cm×4.2cm
心形：1.3cm×1.3cm

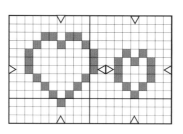

姜饼人夫妇

DMC棉线

十字针（双股线）

- 3328

绣图格子数（高×宽）：
大号心形：9×9
小号心形：6×5

绣品尺寸：
大号心形：2cm×2cm
小号心形：1.3cm×0.6cm

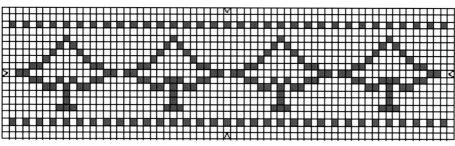

圣诞长筒袜
挂饰

DMC棉线

十字针（双股线）

- 601

圣诞长筒袜

绣图格子数（高×宽）：15×65
绣品尺寸：2.5cm×11.8cm

挂饰

绣图格子数（高×宽）：23×17（每个）
绣品尺寸：4.2cm×3cm

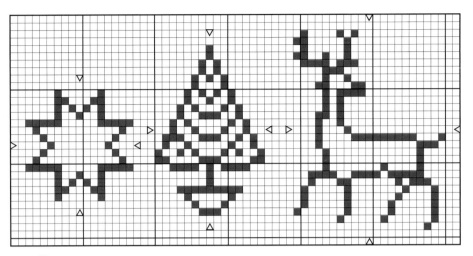

礼物袋

DMC棉线
十字针（双股线）

■ 321

绣图格子数（高×宽）：
星星：13×11
圣诞树：15×15
驯鹿：20×23

绣品尺寸：
星星：2.5cm×2cm
圣诞树：2.5cm×2.5cm
驯鹿：3.7cm×4.2cm

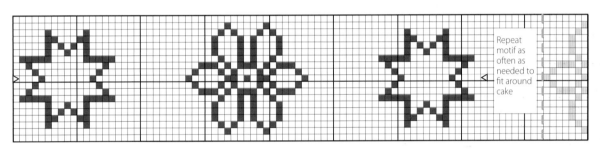

Repeat motif as often as needed to fit around cake

节日蛋糕饰带

DMC棉线
十字针（双股线）

■ 321

绣图格子数：高23格，宽度围绕蛋糕一周
绣图尺寸：高4.2cm，宽度围绕蛋糕一周

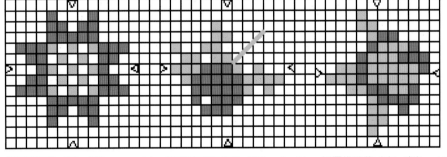

心形饰

DMC棉线
十字针（双股线）

■ 3805
▨ 963
▨ 906

回针法（双股线）
— 906

绣图格子数（高×宽）：11×11
绣品尺寸：
2cm×2cm

绣图格子数（高×宽）：9×11
绣品尺寸：
1.6cm×2cm

绣图格子数（高×宽）：12×10
绣品尺寸：
2.2cm×2cm

作品图样
The Templates

这里展示了制作各款作品时所需的图样，均为实际尺寸，使用时无须放大。描图时，将所选图样的轮廓线描到薄卡纸或较厚的纸张上，沿线裁下后，放到布料上，沿纸边在布上画线。无须预留缝份的话，可直接沿线裁剪布料；需要另加缝份时，可在轮廓线外预留6mm~1.3cm，再裁剪布料。

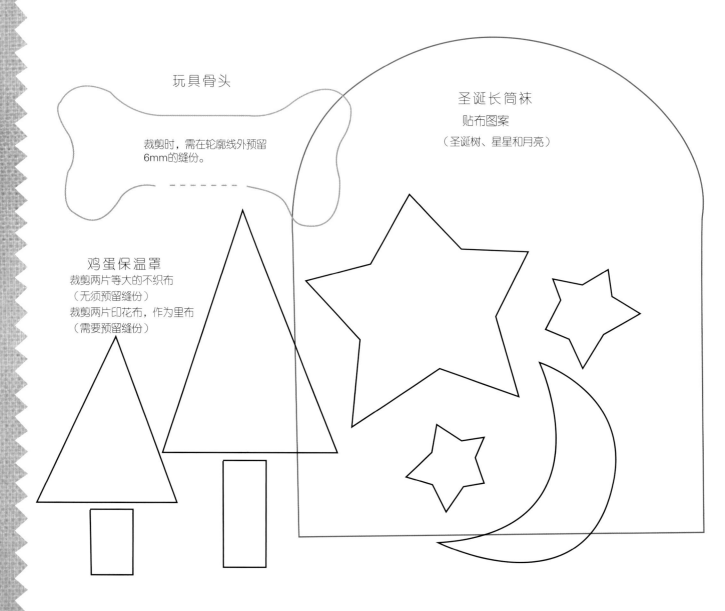

玩具骨头

裁剪时，需在轮廓线外预留
6mm的缝份。

圣诞长筒袜
贴布图案
（圣诞树、星星和月亮）

鸡蛋保温罩
裁剪两片等大的不织布
（无须预留缝份）
裁剪两片印花布，作为里布
（需要预留缝份）

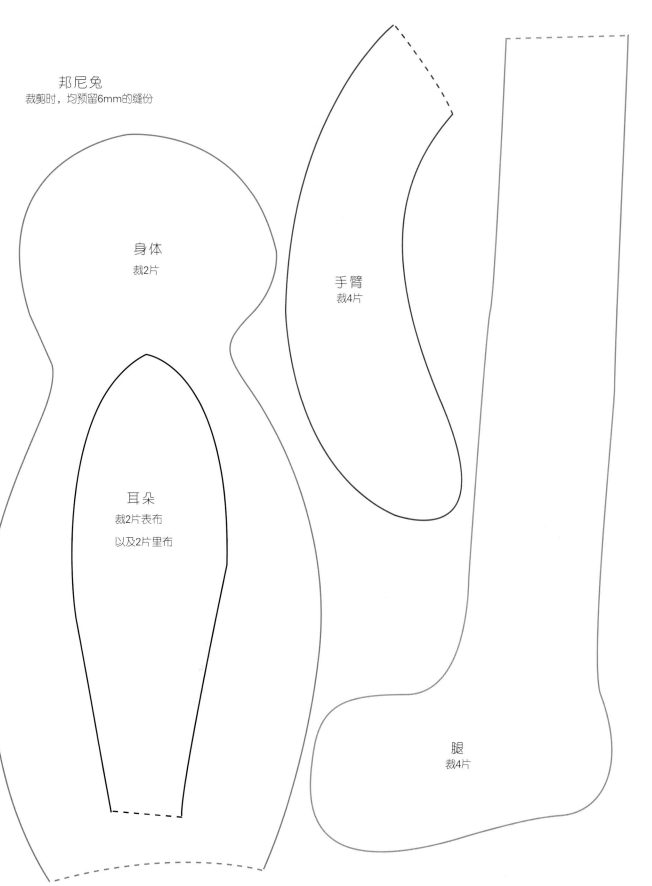

邦尼兔
裁剪时，均预留6mm的缝份

身体
裁2片

手臂
裁4片

耳朵
裁2片表布
以及2片里布

腿
裁4片

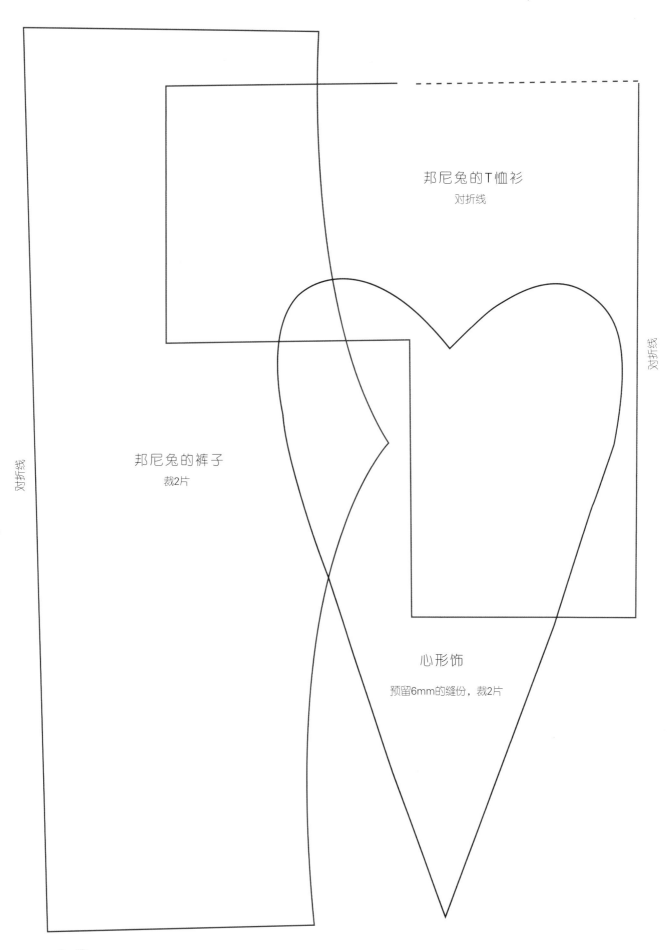

邦尼兔的T恤衫
对折线

邦尼兔的裤子
裁2片

心形饰

预留6mm的缝份，裁2片

对折线

对折线

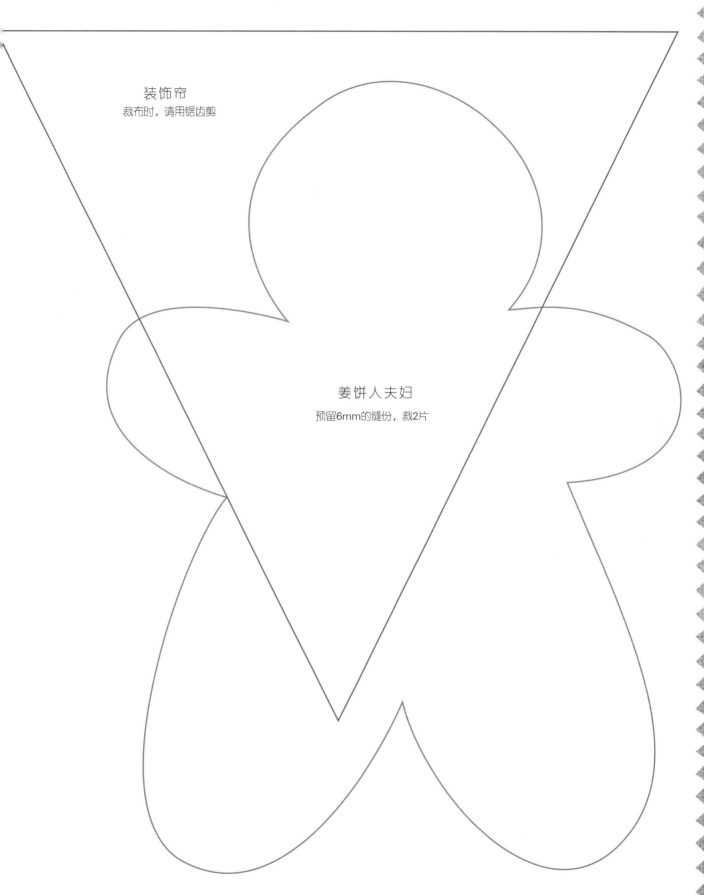

装饰帘
裁布时，请用锯齿剪

姜饼人夫妇
预留6mm的缝份，裁2片

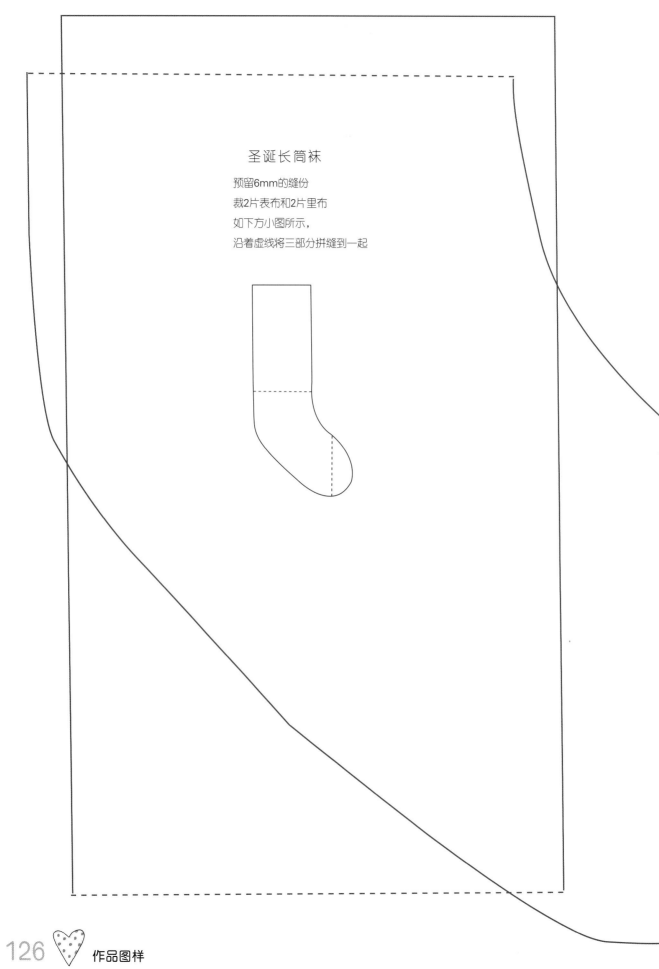

圣诞长筒袜

预留6mm的缝份

裁2片表布和2片里布

如下方小图所示，

沿着虚线将三部分拼缝到一起

作者简介

About the Author

海伦·菲利普斯毕业于曼彻斯特城市大学，专攻方向为纺织品印染和刺绣。毕业后，曾教授绘画和工艺设计，后来成为一名自由职业设计师，多年来一直致力于各种贺卡的专业设计。本着对手工缝纫和布艺的酷爱，她转而开始为专业的手工缝纫杂志和专著设计图样。她的设计图样别具一格，常常被收录在《美丽手工艺术》、《一起制作贺卡》、《一起参与手工》、《十字绣友》以及《十字绣精选》等杂志和书籍中。自2008年出版《经典十字绣品》以来，本书是其与大卫·查理出版社合作发行的第七本手工艺术专著。